二見文庫

回春の桃色下着

霧原一輝

目次

回春の桃色下着

第一章　ある日、突然

1

午後九時、高杉孝太郎《たかすぎこうたろう》はがらんとした家で、箪笥《たんす》のなかの衣服の整理をしていた。

孝太郎は当年とって、七十歳。長年連れ添ってきた古女房の淑恵《としえ》を二年前に亡くし、この家で育ててきた娘二人もすでに結婚して、今、この家にいるのは、孝太郎ひとりだけ。

かつてはＪＲ（当時は国鉄と言った）の職員で、その花形とも言える新幹線の運転士をしていた。あの頃は女にもてた。だが、今は隠居生活に入っており、若い頃の面影もなく、当時の男前な自分はすっかり影をひそめている。

ひとり寂しく夕食を摂って、リビングで寛いでいたとき、ふと、衣服の断捨離をしようと思い立った。

ひとりになり、また自分の最期もそう遠くはないはずだし、身辺整理をはじめてもいい時期だった。

思い立ったら即実行に移さないと、と思い、箪笥の引き出しから、しまってあった古い衣服などを取り出して、必要なものとそうでないものと分ける。

そのとき、引き出しのいちばん奥に、ビニール袋に包まれた小さくて、ピンク色のものを見つけた。

(うん、何だ?)

ピンクの色から推《お》して、今はこの世にいない淑恵のものだろうか？　多分、引き出しの奥の奥にちんまりとおさまっていたので、気づかなかったのだろう。

取り出してみた。

(えっ……これは?)

女性用のパンティだった。

半透明な収納のための真空パックのビニール袋が、ピンクのパンティにきゅうっと張りついている。

（ああ、あのときの……！）

孝太郎の脳裏に四十年前の記憶がよみがえった。

三十歳の頃、孝太郎はまだ独身で、花形の新幹線の運転士だった。そのとき、同じ国鉄に勤める事務員の湯本妙子《ゆもとたえこ》と大恋愛をした。

結婚寸前まで行ったのだが、妙子の家庭の事情でどうしても結婚を許してもらえず、泣く泣く別れた。

あれは結婚の話をしていたときだから、ちょうど妙子が二十八歳のバースデイを迎えた頃だった。当時まだ孝太郎は寮に住んでいて、その部屋で妙子を抱いた。

つきあいはじめた頃はあまり感じなかった妙子がそのときは肉体を開発されて、感じすぎてよがり泣くまでになっていた。素晴らしいセックスを終えて、妙子が下着が見つからないと、ベッドの周辺をさがしまわった。孝太郎もさがしたのだが、結局なくて、妙子は孝太郎のビキニブリーフを穿いて、帰宅した。

その翌日、妙子のパンティをベッドの下で発見した。どういう加減からか、妙子の脱いだパンティがベッドの下に潜り込んだらしかった。

それは、かわいらしいパックレースのすべすべのパンティで、顔に近づけると、妙子の甘酸っぱい体臭とあそこの匂いを充分に吸い込んだ、仄《ほの》かな香りがした。

裏返してみると、クロッチにはわずかにシミがついていて、そこの匂いを嗅ぐと、ちょっと刺激的な香りがして、我慢できなくなって、自分でしてしまった。

最初はもちろん妙子に返すつもりだった。だが、だんだん返すのが惜しくなって、結局見つからなかったことにして、自分の手許に置いておいた。

何度もその香りを嗅ぎながらオナニーした。それから、このままでは匂いが失せてしまうだろうし、全体に劣化するのではないかと危惧し、真空パックして保存した。

だが、結局妙子と別れることになり、その三年後の淑恵との結婚を機に寮を出て、今も住んでいるこの家を建てた。その際に、パンティも引っ越しさせた。

その後、目の前には現実の女、つまり、妻の淑恵がいたので、真空パックした元恋人のパンティのことは忘れてしまっていた。

あるとき、「そうだ、あのパンティはどこに行ったんだろう？」とさがしたのだが、見つからなかった。

以降、妙子のパンティのことは頭に浮かぶこともなかった。

それが、まさか、こんな箪笥の引き出しの奥に眠っていたとは――。

これが共有の箪笥なら、淑恵が見つけて孝太郎を問いつめていただろうが、孝太郎の箪笥だったので、淑恵の目に留まらなかったのだろう。

気持ちがざわついた。

（だけど……もう、四十年も経過していたら、劣化しているだろうし、匂いもなくなっているに違いない）

大した期待もせずに、真空パックの入口をスライドさせて、空気を入れ、そっと取り出してみた。

（これは……！）

驚くことに、色彩や質感にはいっさいの変化がなく、まるで、昨日、妙子が穿いていたように見える。

おずおずと顔に近づけて、匂いを嗅いだ。

（ああ、これは……！）

甘酸っぱくて、仄かな性臭までもが香りたってくる。

（あのときと同じだ……！）

よほど真空パックの具合が上手くいっていて、奇跡的に一切の空気が抜けていたのだろう。おそらく当時もこんな具合だったに違いないというフレグランスが香りたってくる。

(ああ、妙子さん……！)

匂いは記憶を呼び覚ますという。その現象が起きていた。

羽根のようにかるいピンクのパンティに鼻を押しつけていると、当時の思い出がよみがえってきた。

(あのとき、俺は、ここは寮だからと気をつかいながらも抱いた。妙子は声を出さないようにと必死に口を手でふさぎながらも、それがかえって感じるとでもいうように、燃えあがっていった……)

まるでタイムスリップしているようだった。

大恋愛の末にやむなく別れた元恋人のパンティに顔を押しつけていると、股間のあたりに違和感がある。

(んっ……！)

見ると、それがズボンを突きあげて、むくむくと頭を擡《もた》げているではないか！

(おおう……！)

孝太郎は妻を亡くしてからの二年間は、一度も完全勃起しなかった。

もちろん、男としての性欲はあった。昔購入したアダルトビデオを観て、射精しようと頑張ったこともあった。そのとき、確かに性欲はあった。

だが、肝心のイチモツがままならなかった。わずかに力が漲《みなぎ》る感覚はあった。

しかし、それが育っていかずに、途中で力尽きてきた。

それなのに、今、孝太郎の愚息はずんずん力を漲らせている。

（これは……やはり、このパンティのせいか……？）

孝太郎はさらにパンティの濃厚な香りを放つ部分、つまり、クロッチに鼻先を擦りつけながら、ズボンとブリーフを脱いだ。

どんどん体積を増してくる愚息を握った。すごいエレクトだった。

排尿器官と堕していた分身が茜色のエラを張りださせ、木の根っこみたいな血管が浮きでている。

（ああ、ひさしぶりだ。この漲ってくる感じは……！）

握りしめて、ゆったりとしごいた。

すると、それはますます硬くなり、ドクッ、ドクッと力強い脈動を指に伝えてくる。

（おおぅ、気持ちいい！）

思わずパンティから顔を離して、勃起を両手で握りしごいた。そうすると、一気にそれが萎えていく。

（そうか……やはり、パンティを嗅いでいないとダメなんだな）

ふたたびパンティを顔面に押しつけて、握りしごいた。

目を瞑《つむ》ると、妙子が昇りつめていくさまが、瞼の裏にはっきりと像を結んだ。

「ああ、妙子……今でもお前が好きだ。おおぅ……！」

そう独り言ちて、逞しく育った分身をしごく。

（これは……射精できるんじゃないか？）

必死になって怒張をしごいているとき、そばに置いておいたスマホが、振動しながら呼び出し音を立てた。

（くそっ……間が悪い電話をしてきたのは、誰だ？）

画面を見ると、『景子《けいこ》ママ』と出ている。

和田《わだ》景子は、孝太郎の行きつけのスナック『時代遅れ』の、三十九歳のママだ。孝太郎は景子ママにぞっこんで、あわよくばと狙っている女だから無下にもできない。

勃起をしごいていた手でスマホを握って、応答する。

「はい、高杉ですが……」

『よかったわ。出てくれて……ねえ、今夜、お店がヒマでヒマでしょうがないの。よかったら、いらして』

景子の色っぽい声が聞こえてきた。

「……ううん、どうしようかな？」

『あらっ、いつもはいらしてくださるじゃないの？　孝ちゃん、何か用事があるの？　それとも、体調悪い？』

孝太郎は迷った。そのとき、ふと思った。

（このパンティを持っていって嗅げば、あれが勃起するかもしれない。そうしたら、もしかして、ママと……）

考えてみたら、せっかく何年かぶりに勃起したのに、自分で出すのはいかにも惜しい。

「……わかったよ。行くから。その代わり……」

『何……？』

「いや、何でもない……すぐに行くから」

孝太郎は電話を切って、立ちあがった。

2

半時間後、孝太郎はスナック『時代遅れ』のカウンター席に座っていた。

ママの言うとおりに今夜は客が少なく、さっきまでいたサラリーマン二人組が帰って、店の客は孝太郎だけになった。

「よかったわ。孝ちゃんに来てもらって……あのままだったら、この子のお給料も払えなかったわ」

落ち着いたストライプの小紋を着て、黒髪をアップにまとめた景子が、いつもながら艶っぽい視線を送ってくる。

「いや、俺の勘定じゃ、亜里紗《ありさ》ちゃんの時給の一時間分にもならないだろう？」

孝太郎は隣のスツールに座っている丸山《まるやま》亜里紗のほうを見る。

「あらっ……わたし、そんなに貰ってないわよ」

亜里紗がウエーブヘアをかきあげ、カウンターに頬杖を突いて、大きな目で孝太郎を見た。

彼女は二十六歳で、ここに勤めてもう一年になる。

とにかく色っぽくて、多くの客は亜里紗に悩殺されている。

だが、亜里紗には浮いたウワサもなく、根は真面目のようだった。

この歳で美容専門学校に通っていて、将来は美容師になるのが夢だと言っていることからも、それは推測できる。

「申し訳ございませんでしたね」

景子が冗談めかして言って、

「でも、いいの……わたし、この店の雰囲気が好きだから。もちろん、ママのこともよ」

「わたしも亜里紗のことは好きよ。殿方の受けもいいしね」

景子に言われて、亜里紗がはにかんだ。

「孝ちゃんも、亜里紗のこと好きよね？」

景子が孝太郎のことを見た。

景子は、小顔でととのった顔をしている。アーモンド形で切れ長の目で、鼻筋は通っており、唇はぽっちりとしてサクランボのようだ。

際立っているのはその色の白さで、着物の襟元からのぞく首すじも、袂から伸びた腕も白粉を振ったように仄白く、それがママの色っぽさの元になっていた。

「……好きよね？」

「もちろん……だけど、前から言ってるだろ？　俺はママ一筋だから」

「上手いこと言って……そんなお世辞言っても、何も出ないわよ」

景子が口許に手をあてて、微笑んだ。

「いや、俺は本心を伝えているだけだから……」

「ふふっ……作る？」

景子がカウンターに出ている、ほとんど呑み干された水割りを見た。

「ああ……頼むよ」

孝太郎はちらっと腕時計を見た。そろそろ閉店の時間だ。

このときを待っていた。

孝太郎は席を立ち、トイレに向かう。小便をしてから、手洗い場で上着のポケットから、ビニール袋に詰め替えてきた妙子のパンティを取り出して、顔面に押しつけた。

あの魅惑的な香りがして、思い切り芳香を吸い込むと、たちまち下腹部のものが力を漲らせてきた。

（おおぅ、大丈夫だ！　うん、まだ魔法はつづいている！）

目の前の鏡には、ピンクに白い刺繍がついたパンティを口許に押しつけている、七十歳の老いた男の顔が映っている。あまりにも滑稽で自分で笑いそうになった。

だが、ズボンの股間は匂いを吸い込むたびに大きく、硬くなってくる。

ズボンの上からでも、明らかにそれが大きくなって、三角にテントを張っているのがわかる。

（よし、これでいい……！　しばらくつづいてくれよ！）

祈るような思いでトイレを出ると、亜里紗が待っていてくれて、オシボリを渡してくる。

亜里紗はグリーンのキャバドレスを身につけていて、ノースリーブで裾も短い。胸元も大きく開いていて、V字の切れ込みから、ゴム毬のようにたわわな乳房がはみだしている。

そこに視線を奪われながらも、股間を突っ張らせて、カウンター席につこうとすると、

「あらっ……！」

亜里紗が大きな目を見開いて、孝太郎の股間に視線を落とし、

「孝ちゃん、どうしたの、これ？　勃ってるよ」

瞳を輝かせた。

「どうしたの？」

景子が不思議そうに言う。

「ママ、孝ちゃんのおチ×チン、勃起してるわ。見てよ」

亜里紗に言われて、景子が木製のカウンター越しに孝太郎の股間に目をやった。

「ほんとうだ。しかも、尋常でなく勃ってるわね。孝ちゃん、どうしたの？　トイレで何かあった？」

そう訊く景子の切れ長の目が、急にきらきらしはじめた。

「いや、その……なぜか、オシッコをし終わったら、ギンとなってきてね。座っていいかい？」

「どうぞ……」

孝太郎はスツールに腰をおろすと、水割りをつかむ。

「奇跡としか思えないよ。女房を亡くしてからこの二年、ぴくりともしなかったのにね……」

真実を明かしてしまうと、マジックのタネをばらしてしまうのと一緒で、二人は興味を失うだろう。それにヘンタイだと思われて引かれかねない。本当のことは言わないほうがいいような気がした。

そのとき、隣に座っていた亜里紗がスーッと右手を股間に伸ばしてきた。ズボン越しにいきりたつものに触れて、

「ほんと、カチカチよ。ねえ、ママも触ったら？」

「わたしが……？」

「そうよ。だって、孝ちゃんはママのほうがいいみたいだから……」

「じゃあ、ちょっと……」

景子がカウンターから出てきて、孝太郎の勃起をズボンの上から触れて、

「ほんとうだわ。カチンカチン……へんね。トイレで何か薬でも飲んだの？」

「いや……だって、勃起薬はそうすぐには効かないよ。だいたい、俺は高血圧の薬を飲んでいるから、それは使えないし……」

「ふうん……どうしちゃったんだろうね？」

隣のスツールに腰かけた景子が、自分でも水割りを口にしながら、左手を太腿に置いているので、それはいっこうに衰えることはない。

すぐに、ふにゃんとなってしまうことを危惧していたのだが、どうやら、絶えず刺激を受けていれば、しばらくは勃起が継続できるようだ。

「ママ、そろそろ閉店の時間よね。わたし、帰る」

亜里紗が立ちあがった。多分、気をつかってくれているのだ。二人だけになれるように。

「いいわよ。もうお客さんは来ないみたいだし……」

景子が答えて、ぐびっと水割りを吞んだ。

亜里紗が薄いコートをはおって、店を出ていく。

（よし、今だ……！）

この千載一遇のチャンスを逃したくない。だが、そのときすでに股間のものはふにゃっとなっていた。

景子がじかに触れていてくれれば持続できたのだろうが、ママのしなやかな手は十センチほど離れた太腿に載っていて、その十センチの距離が老いている孝太郎は遠すぎるのだ。

「ゴメン……ちょっとトイレ……」

また大きくさせようと、孝太郎はトイレに向かう。

小便はしたくないから、洗面台の前でまたあのピンクのパンティを取り出して、思い切り芳香を吸い込んだ。すると、一瞬にして孝太郎はあの時代に連れていかれて、下腹部が若返り、分身がぐんぐん頭を擡げてきた。

（よし……！）

パンティをポケットにしまい、急いでトイレを出る。

ズボンをふくらませて店に戻ると、景子が目敏くそれを見つけて、

「あらっ、また大きくなってるわ」

瞳を輝かせる。

景子はこの店の開店資金を出してくれたパトロンを昨年亡くしているから、気分的にも肉体的にも寂しさのようなものを感じているのかもしれない。

だとしたら、可能性はある。

孝太郎が隣の席に座ると、スーッと左手を伸ばして、太腿に置いた。この十センチの距離がもどかしい。

「不思議ね。トイレに立つたびに、大きくなって……どういうことかしら？」

「オシッコをするたびに、これがエレクトするのかもな……奇跡だよ。こんな奇跡、もう二度と起こらないだろうな。きっとこれが人生最後の勃起だよ」

景子の気を引くために、可哀相な老人を演じた。

「……それは、もったいないわね」

そう言って、景子が袂から伸びた左手をズボンの股間に置いた。途端に、イチモツがびくっと躍りあがった。

「あらあら、すごい……今、びくって……」

「だけど、してくれる人がいないから、どうしようもないよな……帰って、ひとりでするしか……」

「そうでもないと思うわよ……こっちに」

景子に手を引かれて、ボックス席のソファに座る。景子は店を出て、営業中のプレートを裏返し、ドアの内鍵をかけて、戻ってきた。

白足袋に草履を履いた足を内股気味にして、景子はしゃなり、しゃなりと近づいてくる。その小顔には、婉然《えんぜん》とした笑みが浮かんでいる。

(えっ……もしかして！)

期待感が込みあげてきた。

と、景子は前のテーブルを強引に引っ張ってずらし、ボックス席の空間にしゃがんだ。

あわただしく、ズボンのベルトをゆるめ、ズボンとブリーフを一気に引きおろし、足先から抜き取っていく。

ブリーフがさがるはなから、孝太郎のイチモツがぶるんと頭を振って、飛びだしてきた。

（おおー、すごいぞ……！）

自分のものではあるが、その逞しい雄姿に見とれてしまった。

カリの張った亀頭部を茜色にてらつかせて、肉柱がゆるやかなカーブを描いていきりたっている。

こんなになったのは、いつ以来だろう？　おそらく、四十年前に妙子を抱いたあのとき以来だろう。淑恵との生活でもここまでなったことはなかった。

「すごいわ、そそりたってる……」

景子はちらりと見あげ、後ろで結ってある黒髪を解いた。頭を振ると、長い黒髪が揺れながら枝垂《しだ》れ落ちて、顔を半分ほど隠す。

その髪を艶《なまめ》かしくかきあげて、景子は見あげ、それから、ちゅっ、ちゅっとキスをしてきた。

自分でも驚くほどにギンとなった肉棹の頭部や側面に接吻し、ちろちろと舐めてくる。

よく動くなめらかな舌が勃起の表面を動き、そのくすぐったいような掻痒感がさらに期待を抱かせる。

「ぁああ、夢のようだよ。景子ママに舐めてもらえるなんて」

うっとりして言う。

「だって、可哀相でしょ？　あなたじゃなくて、おチ×チンが……人生最後かもしれない勃起をしたのに、男の指でしごかれるなんて……だから、ママがしてあげる。いい子ね」

勃起に話しかけて、景子がまた舐めてきた。

いきりたちを腹部に押しつけて、裏のほうにツーッ、ツーッと舌を走らせる。敏感な裏筋を、なめらかな舌が這っていく。その心地よさに、孝太郎は酔いしれる。

「ああん……ふふっ、タマタマがひくひくしてる。かわいがってあげる」

景子が姿勢を低くして、睾丸を舐めた。

皺のひとつひとつを伸ばすかのように丹念に舌を走らせながら、肉棹を握りしごく。

(信じられない。ママが俺の汚いキンタマを舐めてくれている……！)

孝太郎はかえって戸惑ってしまう。

だが、景子は白髪まじりの陰毛をものともせず、鶏の皮のように皺くちゃな陰嚢を情熱的に舐めてくれる。

（そうか……ママはセックスではこういう献身的な面を持っているんだな。最高の女じゃないか……！）

景子がまた裏筋を舐めあげてきた。

ツーッ、ツーッと何度も舌を這わせ、それから、亀頭冠の真裏を集中的に攻めてくる。

よく動く舌で敏感な包皮小帯をれろれろさせながら、髪をかきあげて、じっと見あげてくる。

その濡れたような瞳がきらきらと光っていて、孝太郎はただただ見とれてしまう。

すると、景子はふっと口角を吊りあげ、亀頭冠を上から頬張ってきた。

ゆっくりと唇をすべらせていき、根元まで頬張ると、そこで、チューッと吸ってくる。

「おっ……あっ……」

バキュームされて、真空状態になった奥に亀頭部が吸い込まれる。

と、景子はゆったりと顔を振りはじめた。

ぺこっと頬を凹ませたまま、唇をすべらせる。

スローな動きがむしろ気持ちいい。今、どこに唇があるかまで、はっきりとわかる。

景子はちゅぱっと吐き出して、唾液まみれの肉棹をまた舐めてくる。ねっとりと舌を這わせ、また頬張ってきた。

今度は根元を指で握り、余った部分に唇をかぶせている。

細くて、しなやかな指で根元を握りしごきながら、それと同じリズムで顔を打ち振って、亀頭部を頬張ってくる。

まったりとした唇と舌が亀頭冠を柔らかく締めつけながら擦り、同時に、根元のほうを強く握ってしごかれると、否応なく、甘い陶酔感がふくらんでくる。

「んっ、んっ、んっ……」

リズミカルにしごかれると、急速に快感がうねりあがってきて、射精の欲求が込みあげてきた。

「あっ……ダメだ。出ちゃうよ！」

訴えた。

「いいのよ、出しても……呑んであげる」

顔をあげて、景子が微笑み、また頬張ってきた。

さっきより一段とピッチをあげて、大きく強くストロークされると、いよいよ切羽詰まってきた。

せっかく勃起したのだから、口腔射精して、肝心な部分に挿入できないのは、あまりにもつらすぎる。だが、一心不乱に肉棹を指と唇でしごかれると、我慢が限界を超えた。

「ああ、ダメだ。出る……出る……ぅおおお！」

吼えながら、足を突っ張らせていた。

躍りあがる分身の先から、熱い男液が噴き出していく。それはしばらく味わっていなかったせいか、途轍もなく気持ちいい。

どうやら景子は咥えたまま、呑んでくれているようで、こくっ、こくっと白濁液を嚥下する低い音が聞こえる。

打ち終えると、景子が口を離して、口角に付着した白濁液を指で拭きとり、

「ふふっ、濃くて、美味しいわ」

にこっと笑った。

口内発射をして、さすがに孝太郎もがっくりきた。

だが、景子はごっくんしたことで、いっそう女の欲望をかきたてられたのか、弱々しくなったイチモツを大きくしようと、さかんに指や舌でいじっている。

ここは、景子の期待にぜひとも応えたい。

「ちょっと、待って」

孝太郎は席を立って、またトイレで昔の恋人のパンティのフレグランスを思い切り吸い込んだ。

すると、当時のセックスが走馬灯のように頭をよぎり、ほぼ同時に分身がむくむくと頭を擡げてきた。

（よし、よし……！）

孝太郎は下半身すっぽんぽんの格好でトイレを出て、ソファに向かう。

こちらを見ていた景子の目がびっくりしたように見開かれた。

「……すごい……どうなっているの？」

孝太郎は近づいていって、景子をソファに押し倒し、膝を持ってすくいあげた。開かせながら押さえつけると、着物の前が割れ、赤い長襦袢もひろがって、むっちりとした色白の足が大きく開いた。

「やっ……！」

景子が股間を押さえて、顔をそむけた。

かまわず、太腿の奥に顔を突っ込んだ。

「ぁああ、ダメよ……ダメ、ダメ、ダメ……ぁああうぅぅ」

景子がのけぞりながら、ソファの上端をつかんだ。

パンティをつけていなかった。きれいに長方形にととのえられた漆黒の翳《かげ》りの底に、女の証が息づいている。

想像以上にこぶりで、ふっくらとした女の園は、わずかに内部のピンクをのぞかせていた。しかも、赤裸々な姿をのぞかせる内部は、妖しくぬめ光り、底のほうに白濁した蜜が溜まっている。

たまらなくなって、狭間を舐めた。ぬるっ、ぬるっと舌を走らせると、

「あっ……あっ……ぁあん、ダメよ……」

景子が顔を突き放そうと、ジタバタする。

「さっき、俺が可哀相だから……って言っただろ？」

「だから、それは、おフェラまでよ。最初から、お口だけのつもりだったの」

「だったら、さっさと離れればよかったじゃないか……あのあとで、俺のおチ×チンをいじっていた」

「それは……」

景子が何か言いかけて、やめた。

「頼むよ。ずっとママとこうしたかった。こうしたかったんだ」

ふたたび顔を埋めて、谷間を舐めた。つづけざまに舌を走らせると、景子が意外なことを言った。

「んっ……んっ……ぁああ、ダメ……じつはわたし、若いツバメがいるの」

「そうなの？」

景子はうなずき、まだ二十六歳の彼はレストランの厨房に入って、コックの見習いをしているのだと言った。

「そうだったんだ？」

「そうよ、だから……」

孝太郎はいったん離れようとした。だが、このまま帰って、勃起を自分の指で慰めるのはつらすぎた。

「やっぱり、しよう。いいんだ、ママに若いツバメがいたって……頼む。ママとしたいんだ」

そう言って、また景子の膝を開き、翳りの底に舌を走らせた。

「ダメだったら……ダメ……ダ……ぁあんんん」

景子がのけぞって、ソファをつかんだ。

意志とは裏腹に女の秘部は濡れそぼっていて、舌を這わせるたびに、景子はびくっ、びくっと震える。

孝太郎の顔の両側には白足袋に包まれた小さな足があって、親指が反りかえり、逆に内側に折れ曲がる。

「ああ、ママの足、むっちりとして、色白でたまらない……すべすべだ」

孝太郎は持ちあがっている足にキスをしながら、撫でさする。

白足袋のコハゼを外して、脱がせた。すると、小さくてきれいな足の爪には、赤いペディキュアが光っていて、親指から赤の面積が徐々に小さくなっていくその変化がたまらなかった。

孝太郎は親指を頬張った。

啜りあげながら、フェラチオするように唇をすべらせると、最初は恥ずかしそうに折れ曲がっていた親指がいつの間にか伸びた。自分の親指と較べてもはるかに小さい親指に唇をすべらせ、ちろちろと舌であやすと、

「あっ……あっ……やっ、恥ずかしいわ……汚いわ」

景子が顔を持ちあげて、羞恥の表情で見あげてくる。

「大丈夫だよ。ママのものなら何だって舐められる。全然、汚くないよ」

そう言って、また親指を頬張り、ゆったりと顔を振り、舐める。

親指を吐き出し、親指と人差し指を開いて、水掻きの部分に舌を走らせると、

「ぁああ、そこ……くっ……くっ……ダメだったら……ぁああ、ああうぅぅ」

唾液まみれの親指をぐっとのけぞらせる。

孝太郎は足指を一本、また一本と丹念に頬張り、水掻きに舌を走らせる。

と、景子は震えながら、下腹部をせりあげてきた。

「どうしたの？　あそこに触ってほしい？」

「……もどかしいわ。そこはもういいから、舐めて……もう一度、あそこを舐めて」

景子がぐいぐいと下腹部をせりあげてくる。

孝太郎は足指から足の甲、さらに、ふくら脛へと舌を走らせていく。ひとつの引っ掛かりもないなめらかな肌だ。そこに舌を這わせるたびに、景子はびくっ、びくっと腰を浮かせ、足指をのけぞらせた。

孝太郎は太腿の内側を舐めあげていく。

柔らかな繊毛に鼻が触れ、狭間に舌を這わせると、

「ぁあああ、これ……いいの。孝ちゃんの舌、気持ちいい……」

景子が顎をせりあげる。

孝太郎は気になっていたことを、訊いた。

「……若いツバメくんよりも?」

「……彼は性急だから、足を舐めたり、クンニはしないのよ。若いから、しょうがないのよ。入れたくてしょうがない歳だから」

「そうか……年寄りは気が長いからな。年の功ってやつだ」

孝太郎は優越感のようなものを覚えながら、狭間を舐め、その勢いを利用して上方の肉芽に舌を届かせた。ぴんっと弾くと、

「あんっ……!」

景子がのけぞった。

（やはり、ここが感じるんだな）

孝太郎は右手を足から離して、指先で包皮を引っ張りあげる。つるっと剝けて、本体が現れた。

珊瑚色にぬめる突起は大きめで、すでに勃起している。

尖っている肉芽を上下左右に舐め、吸った。チューッと吸い込むと、

「ぁあああぁぁぁぁ……！」

景子のさしせまった嬌声が静かな店内に響いた。

ちゅぱ、ちゅぱと断続的に吸う。景子はそれに合わせて「あっ、あっ」と声を洩らし、ソファの上端を後ろ手につかんだ。

孝太郎は足をぐっと押しあげ、自分は低い姿勢になり、狭間の下方の膣口にも舌を走らせる。

そこは一段と匂いも味も濃く、それまでの上品な味覚とは打って変わって、すべてが濃厚だ。あふれでる蜜を啜り、舌を丸めてできるかぎり抜き差しすると、

「いやん……そこ、恥ずかしい……ぁああ、すごい……なかまで入ってくる。ぁあん、汚いわ、そこ……ああうぅぅ」

持ちあげられた足の爪先が、快感に折れ曲がる。足袋を脱がされている右足の

親指が反って、他の指と離れる。

酸味の強い膣口に舌を走らせていると、

「ああ、ねえ、ねえ……」

景子がもどかしそうに腰をくねらせた。

「何ですか?」

顔をあげて、訊く。

「……して。欲しいの、あれが……」

「若いツバメくんはいいんですか?」

「いいのよ……今は……」

孝太郎は立ちあがって、もう一度、フェラチオを要求する。

と、景子がソファに座ったまま、顔を寄せてきた。

仁王立ちする孝太郎のイチモツに唇をかぶせて、急《せ》いた様子で顔を打ち振り、ジュルル、ジュルルッと唾液を啜りあげる。

前に屈んでいるから、お太鼓に結ばれた帯の結び目が見える。垂れ落ちてくる黒髪を邪魔そうにかきあげながら、景子は情熱的に唇をすべらせる。

その間も、皺袋を手であやしてくれる。まるでお手玉でもするようにポンポンと睾丸を押しあげられ、唇と舌をつかってぐにぐにと肉柱を刺激されると、これ以上は望めないほどにギンとしてきた。

「いいですよ」

孝太郎が言うと、景子が顔をあげた。

乱れた黒髪からのぞく顔は目の縁が桜色に染まり、首すじもところどころ美しいピンクに紅潮している。

孝太郎はもう何年もセックスからは遠ざかっているから、どうしようか迷った。しかし、すぐに思い出した。

(こういう場合は……まずは、バックからだろうな)

そう考えて、景子にソファにつかまらせて、腰を後ろに引き寄せた。

ストライプ模様の小紋をまくりあげ、つづいて、真っ赤な緋襦袢もたくしあげて帯に留めると、眩いばかりの尻がこぼれでた。

(ああ、すごい……!)

景子自身小柄なので、実際はそれほど大きくはないだろうが、むっちりと肉の詰まった尻が丸々と張りつめている。

「ああ、恥ずかしいわ……そんなに見ないでよ」

景子がくなっと腰をよじった。

「きれいなお尻ですよ。全然若くて、ぷりっとしてる」

褒めて、屹立を押しつけていく。

しばらくしていなかったから、膣口の位置がよくわからない。だが、さっき舐めていたときに、景子は下付きだった。ということは……。

突きだされた双臀の奥、かわいらしいアヌスがひくつく谷間に沿って亀頭部をすべらせていくと、明らかに濡れ窪んでいる柔らかな箇所があって、よし、ここだ、と慎重に腰を進めていく。

入口はとても窮屈だった。

だが、そこを突破すると、猛々しく勃起したものが、女の筒の粘膜を押し広げていく確かな感触があって、

「うはっ……！」

景子が帯のまわっている背中を反らせた。ソファをつかむ指に力がこもっている。

（ああ、これだった……！）

孝太郎はひさしぶりに女のなかに突入した歓喜に酔いしれた。

まったりとした粘膜が押し寄せる波のようにうごめきながら、ぎゅ、ぎゅっと異物を締めつけてくる。

あまりにも気持ち良すぎて、抜き差しをするのさえ惜しい。

しばらくすると、景子が焦れたように自ら腰を振りはじめた。

「ぁああ、あああぁ……」

低い喘ぎ声を洩らしながら、座面に両手を突き、全身を使って腰を前後に揺する。

象牙色の尻たぶが前後に動いて、屹立がその奥に出たり、入ったりする姿が真下に見えた。

「おおぅ、くっ……！」

もたらされる愉悦を、孝太郎は奥歯を食いしばって耐える。

それほど多くの女と体験したわけではないし、その感触も半ば忘れてしまっているが、今、味わっている景子の膣がとても具合のいいものだということはわかる。

さっき出していなければ、きっとすぐに搾り取られていただろう。

「ぁあ、あああ……ねえ、お願い……」

景子がせがんできた。

こうしてほしいのだろうと、孝太郎は腰を動かす。ゆっくりと抜き差しをする。幾重ほどよくくびれたウエストをつかみ寄せて、行き来する肉棹にからみついてくる。幾重もの粘膜の皺がざわめくようにして、行き来する肉棹にからみついてくる。

(気持ち良すぎる……！)

もう何擦りかしたら、出してしまうのではないか？

しかし、ひと擦りするたびに、なかの濡れが増してきた。それに、緊張が抜けてきたのか、幾分なかがゆるくなったような気がした。

それは何も景子のものが粗器であるということではなく、慣れて、緊張感が失せれば、膣から必要以上の力が抜けるということなのだろう。

緊縮力がなくなった分、なかのすべりがよくなり、抽送がスムーズになった。

そして、必死に守ってきた奥の砦にも、切っ先が届くようになった。

ぐいと打ち込んでおいて、奥のほうがからみついてくるさまを味わった。そのまま腰をまわすようにして、奥を捏ねると、

「あっ……くっ……ぁああ、それ……感じる。奥が感じる……」

景子が自分から腰を後ろに突きだしてくる。

そして、孝太郎のストロークに合わせて、腰を動かす。

尻と下腹部が当たって、切っ先も子宮口を突いているのだろう、

「あんっ……あんっ……あんっ……」

景子は華やいだ声をあげて、ソファの表面を引っ掻くようにつかむ。

孝太郎は暴発をこらえながら、腰を打ち据えていく。

パチッ、パチッと乾いた音が撥《は》ねて、

「あんっ……あんっ……ぁあああ、いいの。響いてくる。ズンズン来るのよ……ぁあああ、もっと、もっとちょうだい！」

景子がいっそう尻を突きだしてくる。

不意に射精しそうになり、孝太郎は動きを止めて、ぐっと奥歯を食いしばる。

このままでは、すぐに出してしまいそうだった。それでは、景子を満足させることはできない。ようやく叶ったママとのセックスだ。ここは何としても、景子をもういいというまでイカせたい。

孝太郎は尻たぶを撫でた。

すべすべの尻はじっとりと汗ばんでいて、撫でていても、その吸いつくような感触がたまらない。揉むと、柔らかな肉層が指を撥ねかえしてくる。

「ぁああ、あああああ……それ、気持ちいいわ」

景子がくなっと腰をよじった。

孝太郎は両手で尻たぶをつかんで、ぐいと左右に開いた。すると、セピア色のアヌスも丸見えになって、いきりたちが膣に嵌まり込んでいるその接合部分までもがはっきりと見える。

「ぁああ、いや……恥ずかしい。しないで、しないでよ」

景子が訴えてくる。

「きれいだよ、ママのお尻は。孔もきれいだ。見事に放射状に皺が走っているし、孔自体もまったく膨隆がない。便通が安定している証拠だ」

「もう……孝ちゃん、あからさまなんだから」

「褒めているんだよ。お尻の孔が恥ずかしがって、ひくひくしてる」

孝太郎は人差し指を舐めて唾液で濡らし、それをアヌスに押し当て、周囲を円を描くようにさする。

「ちょっと、いやだって……いや……い、や……ぁああ、ああうぅぅ」

「どうした？　感じてきたね」

「……違うわ。そうじゃなくて……ぁああ、突いて。突いてください」

景子が自ら腰を前後に打ち振った。

「しょうがないな」

孝太郎はまた腰をつかみ寄せて、屹立を叩き込んだ。

「あんっ、あんっ、あっ……ぁあああ、奥がいいの……響いてくる。お臍まで届いてるわ……あん、あんっ、ぁあん……！」

景子はソファにつかまり、顔を上げ下げして、快感をあらわにする。

やがて、内股になり、なぜか爪先立って、ぶるぶると震えはじめた。

「どうしたの？」

「ああ、イキそう……でも、この格好じゃいけない」

「わかった……じゃあ、このまま、ソファにあがって……」

孝太郎は後ろから嵌めたまま、景子をソファに這わせて、自分も片方の膝をソファに突いた。

そうやってバランスを取り、後ろから打ち込む。

四つん這いになった景子は、両肘と両膝を突いて、ストロークのたびに身体を前後に揺らし、

「あんっ、あん、あんっ……」

と、あさましいほどの声をあげる。

洩らし喘ぎがどんどん逼迫《ひっぱく》したものになり、景子は身悶えをする。肘掛けをつかみ、枝垂れ落ちた黒髪をかきあげて、

「ぁああ、イキそう……イキそうなの」

うつむいたまま、訴えてくる。

「いいですよ。イッて……いいですよ」

孝太郎も追いつめられていた。

いったんゆるんだ膣が絶頂に向かうにつれて、また締まってきて、とくに入口と奥が巾着のように締めつけてくる。

「おおぅ、おおあああ！」

孝太郎が吼えながら叩き込んだとき、

「イク、イク、イッちゃう……くっ……！」

景子はのけぞりながら最後は生臭く呻《うめ》いて、どっと前に突っ伏していった。

4

孝太郎はソファに座り、向かい合う形で景子がまたがっている。

いまだ着物をつけたままなので、着物と緋襦袢の前身頃がはだけて、むっちりとした太腿がのぞき、その奥には、孝太郎のイチモツが突き刺さっていた。

景子は肩をつかみ、顔をのけぞらせながら、スクワットでもするように腰を縦に振って、

「あんっ……あんっ……あああ、すごいわ。孝ちゃん、すごい……ずっと勃ったままよ」

薄化粧された優美な顔を向けて、感心したように言う。

「きっと相手がママだからだよ。こんなになったのは、ほんとうにひさしぶりなんだ。あの世へのいい思い出ができるよ」

「こんなに元気なんだから、これがお終いってことはないわよ。でしょ？」

「いや、確かなことは言えないから……できるときに、しておかないと……」

本当は、あのパンティのお蔭なのだが、ここで事実は明かせない。そんなこと

をしたら、景子も呆れて相手をしてくれなくなるだろう。

「相手がママだから、最高だよ。こんな幸運はもう二度と来ないだろうね」

「相変わらず口は上手いのね。これで、新幹線の運転士だったたってことが信じられないわ」

「ママのことも新幹線みたいに、乗りこなせたらいいんだけど……」

「わたしが乗っかっているしね……」

景子が婉然とした笑みを口許に刻み、また動きはじめた。

片方だけ白足袋を穿いた足でしっかりと踏ん張り、腰を前後に打ち振って、濡れ溝を擦りつけてくる。

「あ、ああ……ぐりぐりが気持ちいい……」

景子が言って、腰を上下動させる。

肩につかまって、蹲踞《そんきょ》の姿勢で尻を振りあげ、頂点から振りおろしてくる。

ずりゅっ、ずりゅっと屹立が窮屈な祠をこじ開けていき、

「うんっ……んっ、んっ……ぁああ、すごい……突き刺さってくる。奥に突き刺さってくる……ぁあうぅん」

景子は喘ぎあえぎ言い、ますます腰を強く打ち据えてくる。

「ぁあああ、ちょっと……強すぎるよ」

孝太郎は思わず腰をつかんで静止させると、

「ぁああ、突いてよぉ。もっと、突いてよぉ」

景子が性欲丸出しで、せがんでくる。

(貪欲だな……若いツバメくんのセックスでは満足できていないのか？　いや、その反対に突きまくられて、肉体が貪欲になっているのかもしれんな)

しかし、この激しい騎乗位は七十歳の孝太郎には、きつすぎた。

「悪いが、下になってくれないか？」

「いいわよ。どうせなら、着物は脱いだほうがいいわね？」

「でも、脱いで大丈夫なの？　着られるの？」

「スナックのママが着物の着つけができないんじゃ、どうしようもないじゃないの」

薄く笑って、景子が着物を脱ぎはじめた。

店内で背中を向け、シュルシュルッと衣擦れの音をさせて、帯を解き、さらに、ストライプの着物を肩からすべり落とす。

燃えるような緋襦袢姿になって、こちらを振り向いた。

艶めかしい。小柄な肢体を真っ赤な襦袢が包み込んでいる。乱れたウエーブヘアは波打ちながら肩にかかり、襟元ははだけて、処女雪のように真っ白な乳房が半分ほどのぞいている。

景子は淑やかな風情で近づいてきて、キスをせがんでくる。

そのしなやかな肢体を抱きしめて、そっとソファに押し倒した。

上になって見ると、景子は目をそむけることもなく、じっと見あげてくる。

艶やかな髪がほつれながら、頬にかかっていた。その髪を外して、ちゅっとキスをする。唇を奪い、れろれろと唇の隙間をまさぐると、甘やかな吐息とともに唇がほどけて、赤い舌が出てくる。その舌をとらえ、からませながら、襦袢越しに乳房を揉みしだいた。

じかに触れたくなって、襟元からすべり込ませた手で反対側の乳房をとらえ、じっとりと湿っている乳肌を撫でていると、中心の突起が指に触れた。

その硬くなっているものをつまんで転がすと、

「んっ……んっ……ぁあああ、気持ちいい……」

景子は唇を離してのけぞりながら、下腹部をせりあげてきた。

こらえきれなくなって、緋襦袢の襟を開きながら押しさげると、もろ肌脱ぎになって、双乳がこぼれでてきた。

お椀形のたわわな乳房は乳肌が抜けるように白く、青い血管が何本も透けだしていた。その真ん中より少し上にセピア色の乳首がそそりたっていて、その飛びだし方が、いかに景子がここに触ってほしいのかを伝えているように感じた。

孝太郎はしゃぶりついて、吸った。チューッと吸いあげると、しこった乳首が伸びて、

「ぁあああ……！」

景子が大きく顔をのけぞらせる。

(こんなに感じてくれている……！)

孝太郎はここぞとばかりに、もう片方の乳房を揉みしだき、硬くしこっている乳首を転がしながら、こちら側の乳首を吸う。

断続的に吸い込むと、景子はのけぞりながら、

「ぁああ、あああああ……欲しい。ねえ、あれが欲しい！」

孝太郎の下半身を手でまさぐってきた。

そのダイレクトな欲求を目の当たりにして、強烈な性欲がうねりあがってくる。

ソファに横になっている景子の膝をすくいあげると、まとわりついていた緋襦

絆がまくれて、むっちりとした下半身があらわになった。

長方形にととのえられた翳りの底に勃起を押し当てて、慎重に押し込んでいく。

入口は相変わらず狭かったが、いったん切っ先がそこを突破すると、あとはぬるぬるっと嵌まり込んでいって、

「あうぅぅ……！」

景子が肘掛けを後ろ手につかんで、のけぞった。

「おっ、くっ……！」

孝太郎は奥歯を食いしばった。

しとどに濡れた熱い滾《たぎ》りが、ざわめきながらぎゅ、ぎゅっと締めつけてくる。

片方の足を床に突いてバランスを取り、腰を叩きつける。

あらわになった乳房がぶるん、ぶるるんと揺れて、

「あっ……あっ……」

景子は片方の手の甲を口に添え、もう一方の手で後ろ手に肘掛けをつかんで、悩ましい声を洩らす。

(色っぽい……色っぽすぎる！)

孝太郎はここが勝負時とばかりに猛烈に叩き込んだ。

景子は顎をせりあげ、たわわな乳房を波打たせながら、高まっていく。

(よし、もう少しだ……！)

そう思ってさらに強く打ち込もうしたとき、息が切れてきた。

燃料切れだ。オーバーペースで激しく腰をつかいすぎたのだろう。七十歳という年齢を考えるべきだった。

疲労感を感じた瞬間、あそこが緊張を失っていくのを感じた。中折れだった。

(マズいぞ、これからというときに……！)

硬くしようと、強く打ち込んでみたが、摩擦感が失せた。このままでは、加速度的にしゅんとなってしまうだろう。

(そうだ、こういうときは……！)

景子は顔をのけぞらせて、目を閉じている。

(よし、これならわからないだろう)

孝太郎はこういうときのためにと、シャツのポケットに忍ばせてあったあのパンティを取り出した。

見つからないように、こっそりと匂いを嗅ぐ。

（ああ、この匂いだ……！）

当時の記憶がよみがえってきて、あれにまた力が漲ってくるのを感じた。景子が見ていないだろうことをいいことに、充分にそのフレグランスを堪能する。もう大丈夫だ。

急いでパンティをポケットにしまい、ふたたびギンとしてきた分身を駆使して、景子を追い込んでいく。

膝裏をつかんで押し広げながら、怒張をぐいぐいと押し込んだ。

「ぁああ、あああ……気持ちいい……おかしくなる。孝ちゃん、わたしおかしいの……イクわ、またイッちゃう！」

景子が下からとろんとした目で見あげてくる。

「いいですよ。俺も、出します……」

「いいわよ。ちょうだい。あなたの熱いミルクをちょうだい。いいの、いいの……ぁあああ、今よ！」

孝太郎が遮二無二に打ち込んだとき、景子の気配がますますさしせまってきた。

「あん、あん、あんっ……ぁあああ、来るわ、来る……」

「いいですよ。イッてください。おおぅ、ああ、イケぇ！」

最後は吼えながら、スパートした。息が苦しい。もう、ダメだ。もう……。

力尽きかけながら、力を振り絞って深いところにつづけざまに打ち込むと、

「ぁああ、あああ……イク、イク、イッちゃう……！　ああ、ちょうだい……やぁあああああぁぁぁぁ……！」

店内に嬌声を響かせて、景子がのけぞり返った。

足指を大きく開き、顎を突きあげ、ソファを鷲づかみにして、大きくのけぞった。

がくん、がくん躍りあがる。

それを見て駄目押しとばかりにもうひと突きしたとき、孝太郎も放っていた。

塞き止められていた濁流がダムを破って、放流される。

「おっ、あっ……ぁあああ！」

女のような絶頂の声をあげながら、孝太郎は射精の至福に酔いしれる。

まさか、女性のなかに放出できるなんて――夢のような時間だった。

と、景子の膣は、発作を起こすものから残りの液体を搾り取ろうとでもするように、ぎゅ、ぎゅっと締めつけてきた。

（ぁああ、すごすぎる……！）

一滴残らず精液を出し尽くして、孝太郎はがっくりと覆いかぶさっていく。

景子はエクスタシーの残滓で時々、身体を震わせている。

それがやんだとき、景子が孝太郎の耳元で囁いた。

「すごかったわ……でも、さっきパンティの匂いを嗅いでいたわね。どうしたの？　そんな趣味があったの？　あれを嗅いでから、急に元気になったけど……」

そうか、見られていたのか……。

ならば、もうここは包み隠さずに真実を述べるしかない。

「じつは……」

孝太郎は今夜、起こった出来事の顚末を、一から話しはじめた。

第二章　窓口の美女

1

孝太郎は年金を引き出すために、もよりの信用金庫の窓口に来ていた。

年金をただ引き出すためなら、ＡＴＭで充分だ。

孝太郎が二カ月に一度、わざわざこの信用金庫の窓口を使うのは、ここの窓口で応対してくれている立花祐美子《たちばなゆみこ》に逢いたいからだった。

六十五歳から年金をもらっていて、もう長いつきあいになり、窓口は彼女のことが多かった。それに、出資や証券のことで相談をしたところ、彼女が懇切丁寧に説明してくれて、それ以降、出資の配当金など、難しいことはすべて彼女に訊いている。

孝太郎はそんな祐美子に惹かれていた。

今日も年金を受け取る際に、

「あの……スナック『時代遅れ』ってご存じですか？」

小声で訊いてみた。

「ええ、多分……駅前の路地にあるカラオケスナックですよね？」

祐美子が明るく微笑んだ。

もともと、明るい感じの美人だが、笑うと真っ白な歯がのぞき、向かって右側の頰に笑窪ができて、とてもかわいい。

「私は夜にはいつもそのスナックにいますので、もしよかったら、おいでくださ い。とても雰囲気のいい店で、一曲、歌うと気が晴れますよ」

ダメ元でそう誘ったのは、なぜか最近、立花祐美子の表情が曇っているからだ。

「はい……考えておきます」

「ぜひいらしてください。大丈夫ですよ。手を出したりはしませんから」

孝太郎は口を開けて、笑う。

「ふふっ……考えておきますね」

「じゃあ……」

孝太郎は通帳とお金を受け取って、信用金庫をあとにした。

一週間後、孝太郎はスナック『時代遅れ』のウカンター席で薄い水割りを呑んでいた。

今日は店の客が少ない。おそらく、亜里紗が出勤しない日だからだろう。彼女のいるといないでは、客の数が違う。亜里紗は恐るべき集客力を誇っていた。それでも、小さなステージでは、会社員の中年男性が思い入れたっぷりにテレサ・テンの『空港』を歌っている。おそらく、かつて空港でつらい別れを体験しているのだろう。

「いい曲よね……」

景子が話しかけてくる。

「ああ、俺は『つぐない』のほうが好きだけどね」

「わたしも……切ない歌だわ。ほんとうは『愛人』が好きだけど……。そうそう、孝ちゃんにお礼を言っておかなきゃね。いつも来てくださって、ありがとうございます」

突然、景子が頭をさげた。今日も、小紋の着物を身につけて、髪をシニヨンに結っている。

小股の切れあがったいい女というのは、このママのことを指すのだろう。こうして見ると、自分がこの人を抱いたことが夢のようだ。

「……それはママが毎日来たら、って言うから」

孝太郎は景子の顔を見る。これには事情があった。

店での情事を終えたあとで、なぜパンティの匂いを嗅いだのかと問い詰められて、じつは、とその経緯を告げていた。

景子は呆れたようで、その後、もう一度せまったものの、

『ダメ。わたしはお客さんとは一回こっきりと決めているの。それに……健《けん》ちゃんに知れたら、大事よ。彼、すごく切れやすいから、間違いなくあなたただじゃすまないわよ……でも、その下着の効果があるうちに、他の女性も抱きたいんでしょ？　だったら、うちを使えばいいじゃない？　酔っている女性のほうが落しやすいでしょ？　孝ちゃんは常連さんだから、この店の女性客とはだいたい知り合いなんだから、口説きやすいでしょうし……なんなら、うまく後押しするわよ』

そう提案されて、孝太郎はママの案に乗った。

孝太郎が毎日来てくれたほうが収益があがるから、こう提案したのだろう。だが、確かにママの言うように、初対面の女性よりもスナックに来る客のほうが誘いやすい。

あれからほぼ毎日のように足しげく、この店に通っている。

だが、成果はまったくあがらない。女性客を誘っては、ことごとく失敗していた。

教訓としてわかったのは、股間のものを勃起させて誘っても、女性は逆に引くだけで、気味悪がって乗ってこないということだ。亜里紗や景子はどうやら例外らしかった。

切り札はいざというときに出すから切り札なのであって、最初から出したら、不気味がられるだけなのだ。

景子にも『まるでセックスには無縁の熟れた男を演じて、いざというときに使ったほうがいいんじゃないの』と意見された。

(しかし、今夜は誘えそうな女がいないな……)

『時代遅れ』のように、文字通り、時代遅れのカラオケスナックの中心になる客は、会社員や自営業の男性で、そもそも女性客が圧倒的に少ないのだ。

（またこのまま帰って、あのパンティの匂いを嗅ぎながら、自分でシコシコするのか……）

諦めかけていたとき、カランランとドアベルが鳴って、ジャケットをはおったすらりとした背格好の女が入ってきた。

一週間前に信用金庫の窓口で声をかけておいた、立花祐美子だった。まさかほんとうに来てくれるとは……。

祐美子がちょっと気圧されたような感じで、立ち尽くしているのを見て、孝太郎はさっとスツールを降りて、近づき、

「よくいらっしゃいましたね」

うれしさのあまり、祐美子と握手をして、両手でぎゅっと握りしめた。それから、

「どうぞ、どうぞ……ママ、ボックスシートを使っていいだろ？」

「ええ、どうぞ……」

景子がカウンターから出てきて、空いていたボックスシートに向かい合って座っている二人にオシボリを渡した。

「ママ、紹介するよ。こちら、立花祐美子さん。俺がいつも利用している信用金

庫で窓口をやっていて、証券のこととかで大変お世話になってる優秀な方だ。いつも明るいんだけど、なんだか最近、落ち込んでいるようだから、たまにはスナックでカラオケでもしたらと誘わせてもらった。まさか、いらっしゃるとは、こっちもびっくりしてるよ。とにかく、優秀な人だから」

そう祐美子を紹介すると、

「ママをやらせていただいている景子です。うれしいわ。あなたのような美人に来ていただいて……孝ちゃんは常連さんで、いろいろとお世話になっているんですよ。孝ちゃんのお客さんなら、うちも大歓迎よ」

景子は笑顔を弾けさせる。

「立花祐美子です。よろしくお願いします」

祐美子が頭をさげた。すでにジャケットは脱いでいた。窓口では制服を着ているのでわからなかったが、白いニットを押しあげた胸は優美にふくらんでいて、そのたわわだが、形のよさそうな胸についつい視線が引きつけられる。

「孝ちゃんのボトルでいいわね」

景子がボトルを持ってきて、水割りを作る。それから、

「邪魔者は去るわね」

孝太郎に向かってひそかにウインクをし、カウンターに戻る。

水割りをちびちびやりながら、世間話をした。頃合を見計って、祐美子が落ち込んでいる理由を訊いた。

祐美子は二十八歳で、信用金庫に勤めて六年になる。この近くのマンションを借りて住んでいる。落ち込んでいるのは、つきあっていた彼氏と別れたからだと言う。

「結婚寸前まで行ったのに、彼氏が転勤になって、それから、連絡をしぶるようになって……おかしいなと思って、彼の新居のマンションに行ったら、女性と一緒に暮らしていました。わたし、二股かけられていたんです。転勤を機に、もうひとりの彼女と住むようになったらしいんです……わたし、振られたんです」

そう言って、祐美子が嗚咽《おえつ》をこぼす。

孝太郎は、結婚寸前まで行って別れたのは、自分と妙子との別れに似ているな、と思いつつも、

「可哀相に……ひどい男だな。そんなやつのことはとっとと忘れるに限るよ。そんなひどいやつのために嘆くなんて、バカらしい。祐美子さんほどのいい女なら、男なんてよりどりみどりじゃないか」

孝太郎はポケットにしまってあったハンカチを渡す。アイロンのかかっていないよれよれのハンカチを「すみません」と受けとって、

「……そうですね。ほんとうにそのとおりです……」

祐美子が涙を拭く。

「よし、今日は歌でも歌って、パーッとやろうじゃないか。祐美子さんはカラオケやるんでしょ?」

「はい、一応……あまり上手くないですが……」

「じゃあ、やろう!」

孝太郎はカラオケコントローラーのタブレットを押して、選曲し、ステージに立って歌いはじめた。

祐美子が少しでも親近感を抱いてくれるように、いつもは歌わない若者向けのポップスを歌って、席に戻ると、

「上手いです!」

祐美子が感激して拍手してくれた。実際はそれほどでもないことは認識している。だが、上手すぎる歌は次に歌う者のやる気を失くさせる。

歌うようにせかすと、祐美子はタブレットで選曲した。前奏が流れだし、ス

テージに向かう。

竹内まりやのスローバラードを歌う祐美子はフレアスカートを穿き、白いタイトフィットのノースリーブのニットを着ていて、清楚ななかにも二十八歳の熟れかかった女の色気が滲みでている。

そう言えば、セミロングの髪で、切れ長だが大きな目やすっきりした顔の造りも竹内まりやに似ている。しかも、長身ですらりとしているので見栄えがいい。

数人の客やママも、そのしっとりした歌声に聞き入っている。

歌い終えたとき、店に拍手が起こった。顔を上気させて戻ってきた祐美子は、

「恥ずかしいわ……」

赤くなった頬を両手で挟む。

「いや、上手いよ…それに、情感がある。みんな、聞きほれていたよ。信じられないな。こんないい女を振る男がいるなんて」

「……もう、いいんです、彼のことは……一切、忘れることにしました」

祐美子が彼のことを無理にでも頭から追い出そうとしている気持ちが伝わってきた。

「それでいいんだ。よし、次は俺だ」

孝太郎はまた席を立つ。二人がそれぞれ三曲を歌い終えた頃には、酒が進み、祐美子はいい感じに酔っていた。

「じゃあ、デュエットしようか……何が歌える?」

二人は顔を寄せて、デュエット曲を見る。

さらっとした髪が触れている。甘い香水のようなフレグランスを感じる。白いニットを突きあげた胸が呼吸するたびに、ゆっくりと波打っている。

祐美子が合わせてくれたのだろう、『銀座の恋の物語』を選んでくれた。

「いいね!」

と、孝太郎はタブレットで曲を選び、前奏が流れだすと、祐美子の手を引いてステージにあがった。

最初に祐美子が歌いはじめ、つづいて、孝太郎が参戦する。この歌は男女が短く交互に歌うので、二人の距離が縮まる。

孝太郎は画面に流れる古い映画の映像を眺めながら、石原裕次郎になったつもりで歌い、祐美子は美しい声でそれに応える。

祐美子はマイクを右手でしっかりと握っている。やや小指が浮いていて、もしかして、フェラチオするときも小指を浮かせるのではないか、とついつい余計な

う？
孝太郎は舞いあがっていた。こんないい感じのデュエットなどいつ以来だろ
歌い終えると拍手が起こり、祐美子がはにかんだ。
想像をふくらませてしまう。

上気したままステージを降りようとしたとき、ついついそこに段差があることを忘れていて、踏み出した足の膝ががくっと折れた。

あっと思ったときは、前につんのめるようにして、床に倒れていた。

「痛っ……！」

情けない悲鳴をあげて、ぐきっとひねった右足首を押さえた。

「あらら っ……！」

床に倒れている孝太郎めがけて、景子ママがあわてて駆け寄ってきた。

「大丈夫ですか？」

と、祐美子もしゃがんで、心配そうに覗き込んでくる。

「大丈夫だ。ゴメンゴメン……俺としたことが……」

立ちあがろうとして、右足首の痛みに顔をしかめていた。

「捻挫したみたいね。待って」

景子がカウンターから保冷剤を持ってきて、それをベルトで足首にくりつけた。

「困ったわ。家で休んだほうがいいわね。孝ちゃんのところ、ここから歩いて五分くらいだから、家で横になっていたほうがいいわよ……ひとりじゃあ、無理よね。私は店を空けられないし……タクシーじゃ近すぎるし……そうだ、悪いけど、祐美子さん、孝ちゃんを家まで連れていってもらえないかしら？」

「えっ、いいよ。初めて呑んだ人に申し訳ない……ひとりで帰れるから」

そう言って、景子の顔を見たとき、彼女が大きくウインクをした。

(えっ……どういうことだ？　そうか、そういうことか……)

景子は孝太郎にチャンスを与えようとしているのだ。祐美子に家に送ってもらい、その後……ということだろう。

「大丈夫だよ。ひとりで歩けるから」

孝太郎は無理して立ちあがり、一歩進んで、

「痛《いた》たっ！」

と顔をしかめた。

少し痛むが、歩けないほどではなかった。しかし、ここはママの計画に乗るこ

とにした。良心が痛まないことはないが、それを押し殺した。

「無理しないでください……わかりました。わたしが家まで送っていきます。肩につかまってください」

祐美子が肩を貸してくれた。

「悪いね……家の入口まででいいから」

そう言って、孝太郎は肩につかまり、一歩、また一歩と進む。

セミロングの髪からは、クリーミーなコンディショナーの香りがした。

2

店から歩いていくと、急に住宅街になって、その一角に孝太郎の家は建っていた。築三十五年の木造二階建てで、狭い庭もある。

玄関の前まで来て、「ありがとう、もういいよ」と言うと、

「いえ、どうせなら、なかまでつきあいます。高杉さん、心配ですから」

祐美子が狙いどおりにそう言ってくれた。

暗い家の明かりのスイッチを入れながら、祐美子の肩を借りて、一階のリビン

グに向かった。

「ひろいお家ですね」

祐美子が感心したように言う。

「ひろいだけで、いろいろとガタがきてる。女房は二年前に逝ったし、娘たちも結婚して、家を出た。今ここにいるのは、俺だけだから。七十歳にして、寂しい独り暮らしだよ」

孝太郎は「寂しい独り暮らし」という部分を強調した。

明かりを点けて、がらんとした家のリビングに入っていく。洋室でオープンキッチンの間取りを、煌々とした明かりが照らしだしている。

ソファに座らせてもらい、祐美子に一階の洗面所の下にしまってある救急箱を持ってきてくれるよう言う。

祐美子が出ていくのを見て、今だとばかりにポケットから、あのパンティを取り出す。匂いが消えないようにジップロックしてある袋のジップを外して、香りを嗅いだ。

最初の頃と較べると、明らかに匂いが失せてきている。

長い間、真空状態で鮮度が保存されていたのが、空気に触れて、匂いの粒子が拡散して、徐々に匂わなくなっている。

だが、まだまだイケる。

ピンクのパンティを取り出し、基底部のあたりを鼻に当てて、思い切り吸い込むと、当時の妙子との記憶がよみがえり、たちまち股間がふくらんできた。

(もっとだ……!)

さらに芳香を嗅ぐと、分身が完全勃起して、ズボンを突きあげてくる。

(よし、これでいい)

パンティを袋に入れて、ジップロックし、ポケットにしまった。すぐに、足音が近づいてきて、祐美子が入ってきた。

手には救急箱を抱えていて、なかから、冷湿布を取り出す。

「これでいいですね?」

「ああ……悪いね」

孝太郎は右足のスリッパを脱いで、靴下を脱いだ。

と、祐美子が前にしゃがんで、よく手当てができるように、膝の上に踵を乗せる。

この瞬間を待っていた。

「悪いね、手当てまでしてもらって」

言いながら、股間を隠していた手を意識的に外す。

「とんでもない……あっ！」

祐美子の視線が顔から足首へとさがっていく途中で、止まった。

股間がそれとわかるほどにズボンを突きあげていたのだ。

「ああ、申し訳ない……なぜかね……申し訳ない」

孝太郎は股間を手で隠す。

と、祐美子は真っ赤になりながらも、湿布を足首に貼り、そこに包帯を巻く。

それでも、股間の勃起が気になるのか、時々、ちらちらとズボンのふくらみを気にしている。巻き終えたとき、

「ひさしぶりなんだ」

孝太郎がぽつりと言う。

「えっ……？」

祐美子が顔をあげて、孝太郎を見た。

「つまり、その……ここがこんなになるのは、ひさしぶりなんだ。俺はもう七十歳だし、体調もすぐれない。だから、多分、こうなるのはこれが最後になると思

う。だから……その……」

「……そんなにひさしぶりなんですか？」

祐美子が訊いてくる。すっきりとした清楚と言っていいほどの顔が心持ちピンクに染まっている。

「ああ……女房を亡くしてから、もう完全に……」

「ということは、二年前から？」

「ああ……だから、その……少しでいい。触ってくれないか？　女性の手を味わいたい。冥土の土産に……」

「……でも、まだこんなになるんだから、そう簡単には冥土には行けないと思いますよ」

そう言う祐美子の手が、ズボンを這いあがってきた。

太腿のあたりでためらっていた手が、おずおずと股間のふくらみに押し当てられる。うつむいているから、顔は見えない。

「ああ、気持ちいいよ……」

思わず言うと、

「わたしでよければ、協力します」

ぼそっと言って、右手で股間を、左手で太腿を撫でてくる。祐美子が顔をあげて言った。

「でも、このこと、絶対に内緒にしてくださいね」

「もちろん……他人に言うわけがない。じつは、受付できみの笑顔を見るたびに、心が弾んでいた。年金を受け取りにいくときが、ずっと喜びだった」

「……わたしも、高杉さんにお逢いするのが愉しみでした。受け取りが遅いときには、どうなさったんだろうって、心配で……」

祐美子がセミロングの髪をかきあげて、孝太郎に向かって目を細めた。

「お世辞でしょ？」

「違います……ほんとうに気にかけていたんです。ウソじゃありません」

その証拠を見せるわ、とばかりに祐美子がズボンのふくらみに顔を埋めて、頬擦りしてきた。

「あっ、くっ……」

「すごいわ。今、びくんって……お薬でも飲んでいらっしゃるんですか？」

「いや、俺は高血圧の薬を飲んでいるから、あっち系の媚薬は飲めないんだ。だから、きっと……相手が祐美子さんだからだと思う。今夜もカラオケにつきあってくれたし、親切に手当てもしてもらった……多分、それで、こ、これがきみを求めているんだ……ああ、ゴメンね。こんなの気持ち悪いだろ？」

「……そうでもありませんよ。気持ち悪かったら、こんなことはしません」

祐美子は股間に頬擦りしてから、ちゅっ、ちゅっとキスをしてきた。

「おっ、あっ……」

柔らかな唇が押しつけられる感触が、孝太郎を桃源郷へと押しあげる。

「すごいですね。硬いわ……」

祐美子が髪をかきあげながら、切れ長のぱっちりした目で見あげてきた。

「そりゃあ、そうなるよ。昔、セカンドバージンって言葉が流行ったことがあったけど、俺のはセカンド童貞だからね」

実際はママを抱いているが、ウソも方便と言う。

「……足は痛みませんか？」

「ああ、きみの手当てのお蔭で、随分と楽になった」

「よかった……」

祐美子がズボンに手をかけて、引きおろそうとするので、孝太郎は尻を浮かせてそれを助ける。

灰色のブリーフをイチモツが高々と持ちあげていて、それを女性に見られることがどこか誇らしい。

「すごいですね……」

祐美子がびっくりしたように目を見開いた。

それから、またふくらみに、ちゅっちゅっと接吻する。今度はさらに唇の柔らかさを感じて、分身が欣喜雀躍する。

ソファに足をひろげて座っている孝太郎の前にしゃがみ、祐美子は垂れ落ちる髪をかきあげながら、ブリーフがその形を浮かびあがらせている肉棹にキスをし、布地越しに舐め、同時に根元のほうからしごきあげてくる。

すると、分身がますますギンとしてきた。

（ああ、これだ……この充溢《じゅういつ》してくる感覚……）

この漲る感覚が自分がオスであることの悦びを再認識させてくれる。

ブリーフが唾液を吸って湿ってくるまで、丹念に舐め、祐美子はブリーフに手をかけた。

孝太郎が尻を浮かすと、ブリーフがつるっと抜き取られていく。

下半身すっぽんぽんになって、激しくいきりたっているものを隠そうかとも思ったが、これだけ元気なのだから、隠す必要もないと思い直した。

亀頭部は茜色に張りつめ、上反った肉棹の表面にはミミズが這うように、血管が浮きでていた。

「お元気だわ……」

「そうか?」

「ええ……ほんとうに七十歳なんですか?」

祐美子がきらきらした瞳を向けてくる。

「そうだよ。今年の四月に古希を迎えてね、子供たちからは、紫色のチャンチャンコをもらったよ」

「……そうなんですね。とても古希のおチ×チンだとは思えない。別れた彼よりよっぽどお元気だわ。かわいがりたくなっちゃう」

「かわいがってくれて、いいよ」

祐美子はにこっとして、屹立にそっと顔を寄せてきた。

亀頭部にかるくキスを浴びせ、それから、尿道口を舐めてくる。ちろちろと赤い舌を走らせながら、根元を握り、ゆったりとしごいてくれる。

「くっ……あっ……気持ちいいよ」

「……すごい。どんどん硬くなってくる」

祐美子が肉茎を絞りあげるようにしごきながら、鈴口に沿って舌を這わせる。

（こんなにカチカチになるとは……）

やはり、当時の記憶とともに男性器もその頃の自分を思い出して、こんなにいきりたつのだろう。

祐美子は身体を低くして、皺袋に丹念に舌を這わせた。

それから、ツーッ、ツーッと裏筋を舐めあげてくる。

上まで来たときに、亀頭部を頬張ってきた。

根元を握りしごきながら、かぶせた唇をすべらせる。

「ぁあぁ、気持ちいいよ……天国だ」

孝太郎はもたらされる歓喜に酔いしれる。

女性のなかに挿入しているときも、もちろんいい。だが、ギンとしたものをフェラチされる悦びは半端ではない。

この歳になると、激しく動けば息が切れる。だが、フェラチオは自分で何かする必要はない。

かぶされた唇の間で、何かが動いて、亀頭冠にまとわりついてくる。

舌だ。

祐美子は吸い込みながら、なかで舌を動かして、本体にからませているのだ。

なめらかな肉片がねろり、ねろりと勃起を舐め、同時に、祐美子はゆったりとストロークしてくる。

甘い陶酔感が一気にさしせまったものに変わった。

「ぁああ、気持ちいいよ……気持ち良すぎる……ぁああ、うぅぅ」

祐美子はますます激しく唇をすべらせ、根元を握りしごく。

肉棹を握った指で擦りあげたときには、唇をさげて深く頬張り、反対に指をおろしたときは、唇を引きあげる。

思っていたより、ずっと上手だ。おそらく、別れた彼氏に鍛えられたのだろう。そのまるで、イチモツを伸び縮みさせるような闊達な動きがたまらなかった。

「ぁああ、ダメだ。出てしまう……きみと繋がりたい！」

思いを告げると、祐美子は額にかかった髪の毛の間から、孝太郎をとろんとした目で見あげてきた。

3

二階にある寝室に、祐美子の肩を借りて、あがった。

右足首は一時はジンジン疼いた。だが、応急処置で冷やしたのが効いたのか、今はさほど違和感はない。それでも、床につけて体重をかけると痛い。

ダブルベッドの置かれた部屋は、かつての夫婦の寝室で、今は女房が使っていた鏡台や箪笥は置いていないので、家具が極端に少ない。

「ここ、夫婦の寝室だったんですよね？　いいんですか？　亡くなった奥さまに怒られそう」

祐美子が不安げに室内を見渡した。

「大丈夫だよ。淑恵はもうとっくの昔に往生している。ここにはいない。今頃、天国で幸せな日々を過ごしている。残された者がいつまでも連れ合いにとらわれていると、逆に悲しむよ。彼女だって、俺に幸せになってほしいと思ってるさ」

「……そうですかね？」

「ああ、そうだよ。ベッドで休んでいて。トイレに行ってくる……あっ、大丈夫。

これくらい、ひとりで行けるから」

「肩を貸しますよ」

「いや、いいよ……オシッコの音を聞かれるのが恥ずかしいからね。自分で何とかなりそうだ」

孝太郎は片足に体重をかけないように歩き、寝室を出てすぐのところにあるトイレに入った。ポケットから例のパンティを取り出して、匂いを嗅ぐ。

二階にあがってくる間に力を失くしていた分身が、またむくむくと頭を擡げてきた。

足を庇いながら寝室に戻ると、すでに祐美子はベッドに横たわっていた。

申し訳程度に羽毛布団をかぶっているものの、生まれたままの半身が見えてしまっている。

戻ってきた孝太郎の下腹部がいきりたっているのをちらっと見て、祐美子は恥ずかしそうに手で顔を覆った。

孝太郎は近づいていって、衣服や下着を脱ぎ、祐美子の隣に体をすべり込ませる。足首は体重をかけなければ、大丈夫のようだ。上になって、

「さっきは充分愉しませてもらったら、今度は俺がきみを愉しませるよ」

そう言って、唇から首すじにキスをおろしていく。

「足首は大丈夫ですか？」

祐美子が心配そうに訊いてくる。

「ああ、もう平気だよ。包帯で固定されてるからね……きみの手当てのお蔭だ。ありがとう」

感謝しつつ、鎖骨の窪みにちろちろと舌を走らせる。ここは敏感な場所のはずだ。

「んっ……んっ……ああ、ぁあああうぅぅ」

案の定、祐美子が喘いで、口を手の甲で覆った。

セックスの最中にこの姿勢を取るのは、オッパイに自信がある女性だと聞いたことがある。なぜなら、こうやって手をあげると、乳房があらわになるし、伸びている分、小さく映るからだ。

女性はだいたい美意識が強く、とくに自分の身体にはコンプレックスを持っており、セックスの最中でも自分が見てほしくない箇所を隠そうとするものらしい。

その言葉を信じるとすれば、祐美子は右手を口に持っていっているのだから、乳房にはコンプレックスは抱いていないのだろう。

現に、あらわになった乳房はDカップくらいのちょうどいい大きさで、何より形がいい。直線的な上の斜面を下側の充実したふくらみが押しあげ、ピンクと薄茶色を混ぜたような色の乳首がツンと上を向いている。

貪りつきたいのをこらえた。ここは、年の功を見せたい。

孝太郎はそっと両方の乳房をつかんで、やわやわと揉む。

柔らかくて、弾力に満ちた乳肉が沈み込みながら、指を撥ね返してくる。

「んっ……あっ……あっ……」

祐美子は顔をそむけて、右手の甲を口に添えていた。

孝太郎はいっそうせりだしてきた乳首をそっと口に含む。なかで舌を這わせると、それが一気に硬くしこってきて、

「んっ……あっ……ぁああ、ダメっ……」

祐美子が顔を持ちあげて、孝太郎を見る。その目はすでに潤んでいる。

「ダメなの?」

「……感じるから……乳首が弱いんです」

「いいんだよ。感じることは恥ずかしいことじゃない。男にはむしろうれしいことだ。きみが感じてくれれば、うれしいんだよ。女がマグロ状態で、うんともす

んとも言わないのが、いちばん困る」

そう言い聞かせて、乳首を舐めた。

明らかにさっきより硬くなっている突起を上下にゆっくりと舐め、次は横に弾いた。素早く連打すると、舌が突起を打って、

「ぁああ、それ……あっ、あっ、ぁああ……！」

「いいんだよ、それで……」

乳房に顔を接したまま言って、今度は周囲を円を描くように舐めた。薄めの乳輪は粒々になっていて、そこに舌が触れると、

「んっ……んっ……んっ……」

祐美子はびくっ、びくっと震える。

(そうか……乳輪も感じるんだな)

よく見ると、乳輪がふっくらとして盛りあがっている。こういう乳首はパフィニップルと呼ばれる貴重なものだ、とどこかで読んだことがある。おそらく、せりだしている分、感じやすいのだろう。

色づいた乳輪を充分に舐め、がばっと頬張って、乳輪ごと突起を吸った。すると、突起が根元から伸びて、

「ぁあああ……ダメっ……許して」

祐美子が顔をのけぞらせながら、訴えてきた。

この場合の「許して」は、感じすぎるのが怖いから許してくださいという意味だろう。

孝太郎は吐き出して、乳輪を指でさすり、かるくつまんだ。そして、いっそう飛びだしてきた乳首のトップに舌先を細かく打ちつける。

つづけるうちに、祐美子の気配が変わった。

「ぁあああ、それ……いや、いや、いや……ぁあああうぅぅ」

最後は指を嚙んで、顎をせりあげる。

せりあがったのは顎ばかりでなく、下腹部もぐぐっと持ちあがってくる。

密生した台形の翳りが突きあがり、いったん頂点で静止して、シーツに落ちた。

孝太郎がまたトップを舌で撥ねると、

「ぁあああ……」

糸を引くような喘ぎをこぼして、恥丘がせりあがってくる。

あれが欲しくなり、腰を上下動させて、ここにもちょうだいとせがんでいるのだ。

（多分、無意識だろうけど、こんな清楚な女の子でもこういうあからさまなことをするんだな。そう言えば、つきあった女のなかでも、感じてくると腰を振る女が何人かいたな……）

おそらく、あそこを触ってほしいのだろう。

期待に応えたいという気持ちもあるが、その前にやっておきたいことがある。すらりと長い腕をつかんで、頭上にあげさせる形でベッドに押さえつけた。と、腋の下があらわになって、

「いやっ……」

祐美子が腋を締めようと、腕に力を込めた。それを上から押さえつけておいて、顔を寄せた。

つるつるに剃毛された腋窩は剃り残しひとつなく、なだらかなカーブを描いている。この、乳房も腋の下も完全に露呈したときの女の姿が好きだった。

腋の下をツルッと舐めると、

「うっ、くすぐったい……！」

祐美子が反射的に腋を閉じようとする。それを押さえ込んで、さらに、キスを浴びせ、何度も舐めあげる。

そこには、甘い汗と体臭の混ざった馥郁《ふくいく》たる香りがこもっていて、わずかにしょっぱい。舐めているうちにしょっぱさは消えて、

「ぁあああ、ああああぅぅ……」

祐美子が気持ち良さそうに顔をのけぞらせた。

さっきまではくすぐったがっていたのに、今はもうそれが快感に変わっている。女の身体にはあらゆる刺激を快感に変えてしまう、素晴らしい変容器がついている。

今はもう唾液の味しかしなくなった腋窩に舌を走らせていると、ビクッ、ビクッと裸体が痙攣をはじめた。

感じすぎて、身体がオーバーヒートを起こしているのだろう。

孝太郎は腋の下から二の腕にかけて、舐めあげていく。柔らかくて、ぷるぷるした二の腕に舌を走らせ、そのまま、肘から手首へと舐めあげ、指にたどりついた。

関節のふくらみが少なく、すっとした伸びやかな指だ。前から、このきれいな指に目を奪われていた。いつもこの指で窓口業務をこなしているのだと思うと、いっそう昂奮した。

透明なマニキュアのされた指を一本、また一本と頬張る。

もっとも長い中指を口に含んで、なかで舌をからませると、

「ぁあああ、こんなの初めてです……ぁああ、気持ちいい。すごく気持ちいいの……ぁあああ」

「いいんだよ、それで」

孝太郎は指を吐き出して言い、今度は脇腹を狙う。

気持ちいいくらいに脂肪の薄い脇腹から腰へとキスしながら、舌を這わせる。

さらに、指を刷毛のように使って、スーッ、スーッと脇腹を撫でると、

「やぁあああぁ……あっ、あっ……」

祐美子は悲鳴に近い声を放って、がくん、がくんと身体を揺らした。

もう全身が性感帯と化しているのだ。

そのまま腰から中心へと顔を移していき、クンニをする前に、枕を祐美子の腰の下に置いた。

腰枕だ。こうすると女性器の位置があがって、舐めやすくなる。

両膝をすくいあげて、祐美子に自分で持つように言う。祐美子は恥ずかしがったが、おずおずと両手で両足を抱えた。

これで、女の園が丸見えになった。

祐美子の秘苑はびっくりするほどのピンクだが、大陰唇がふっくらとしており、反対に小陰唇は薄くて、波打っている。

陰毛が華やかなのは、祐美子がもともと毛深いからだろう。だが、この場合、その密生した陰毛の光沢感や盛りあがり方がひどく悩ましい。

「ああ、そんなに見ないでください」

祐美子が羞恥をのぞかせて、内股になった。

「ああ、ゴメン……あまりにもきれいなおマ×マンなんで、ついつい見とれてしまった。でも、すごく濡れてるね。透明なラブジュースがあふれている」

言うと、祐美子は「恥ずかしいわ」とそこを手で隠そうとする。

その手を外して、しゃぶりついた。

狭間に舌を走らせると、ぬるっ、ぬるっとすべって、褶曲した肉びらが開いていく。

陰唇がめくれあがり、内部のサーモンピンクがあらわになり、そこを下から上へと大きく舐めると、

「んっ……んっ……ぁあああうぅぅ」

祐美子は両手で自分の膝を抱えたまま、顔をのけぞらせる。

舌全体をべっとりとつけて、狭間を丹念に舐めていると、

「ぁあぁ……ああああ、気持ちいいです……気持ちいい……ぁあうぅぅ」

祐美子は心底から感じている声を洩らして、足の親指をのけぞらせる。

（よしよし、感じてくれている）

孝太郎は大陰唇にも舌を走らせ、さらには、膣口にも舌を届かせる。腰枕で持ちあがっているので、膣口も高い位置にあり、したがって舐めやすい。

わずかに口をのぞかせている入口をたっぷりと舐め、窄めた舌を押し込んでいく。抜き差しを繰り返すと、そこは一段と風味があって、

「ぁあああ、あああああ、恥ずかしい……それ、恥ずかしい……ぁあああ、ああうぅぅ、気持ちいい……」

祐美子が自分の膝をぎゅっとつかんで、顎をせりあげる。

枕の上の腰がもどかしそうにくねっている。

孝太郎は膣口から狭間へと舌を走らせ、上方で息づいている突起に貪りついた。

クリトリスは小さくてどこにあるのかさえわからない。根元ごと強く吸い込むと、

「ぁあああ……あっ、あっ……ぁあああぁ、許して……」

祐美子が足の親指を反らせて、弱々しく訴えてくる。

孝太郎はちゅぱ、ちゅぱと断続的に吸い、吐き出して、包皮を剝き、小さな突起を舌であやす。と、祐美子はもう我慢できないとでも言うように下腹部をせりあげて、

「ぁあああ、ください……ください……」

挿入をせがんでくる。

孝太郎はイチモツが力を漲らせているのを感じていた。やはり、クンニをすると、そこもいっそう元気になる。元々、ここの味覚に反応しやすくできているようだ。

顔をあげて、いきりたつものを濡れ溝に押しつけた。

手を添えて押し込みながら腰を進めると、イチモツが窮屈なとば口を押し広げていく確かな感触があって、

「ぁあああ……！」

祐美子が膝から離した手を、身体の横に置いた。

（くっ……キツキツじゃないか！）

比較するのは申し訳ないとは思うが、ママよりも断然締めつけが強い。というより、膣自体が狭いのだろう。

だが、深さは充分で、孝太郎が膝裏をつかんでひろげながら、前屈みになると、切っ先が奥のほうに届いて、

「くっ……！」

祐美子が苦しそうに呻いた。すっきりした眉を八の字に折って、シーツに置いた指を鉤形に曲げている。

「きついの？」

「……いえ、大丈夫です。ひさしぶりだから、きっと……」

「そうか。しばらくしていなかったのか？」

「ええ……恥ずかしいわ。言わせないでください」

「ああ、ゴメン、ゴメン……でも、その分、キツキツですごく具合がいいよ。ピストンするのもつらいくらいだ」

そう言いながらも、ゆっくりと腰をつかう。

腰枕されているためか、勃起と膣の角度がぴたりと合って、抜き差しすると、切っ先が奥のほうの扁桃腺のようにふくらんだ箇所を突いて、ひどく気持ちがい

い。

「あっ……あっ……」

祐美子も仄白い喉元をさらし、手指でシーツを握りしめる。

ぐちゅぐちゅと淫靡な音がして、いきりたった肉茎が根元まで埋まり込む。

もっと祐美子を感じたくなり、膝を放して、覆いかぶさっていく。

抱きしめて、唇を寄せると、祐美子は自分からキスをせがんできた。柔らかく重ねて、情熱的に吸い、舌をからめてくる。

(こんな姿を、祐美子目当てに信用金庫の窓口にやってくる客たちに、見せたいものだ)

そう感じつつも、舌をからめ、吸いながら、ゆったりと腰をつかった。

唇を吸われながら、下の口にも打ち込まれる気分はどうなのだろうか？　そんなことを思いつつ、唇を合わせて、屹立を押し込んでいく。

「んっ……んっ……んんんっ……」

くぐもった声を洩らしながらも、祐美子は両手を孝太郎の背中にまわして、ぎゅっと抱きついてくる。

キスをやめて、打ち込みながら上から見る。

「あっ……あっ……」

深いところに届かせるたびに祐美子は悩ましい声をあげて、顔を反らせる。

その今にも泣きださんばかりに顔をゆがめる祐美子を、とても愛おしいものに感じる。S信用金庫の花、とも言うべき女を歓喜に導いている。

ぐいぐい打ち込んだ。

若い頃より、はるかに体力は落ちているから、長くピストンできない。

若い肢体を抱き、ぴったりと下腹部を密着させて、腰をつかうと、切っ先が奥のほうをぐりぐりと捏ねていくのがはっきりと感じられる。

そして、奥を捏ねられるのがいいのか、祐美子はのけぞりながらも高まっていく。

「ああ、イキそうです……イキそう……ぁああうぅぅ」

祐美子が口に手の甲を押し当てて、さしせまった様子を見せる。

孝太郎にはまだ射精する予兆はない。

おそらく歳をとって、チ×チンの感受性が鈍っているのだろう。この前、ママに口でされて、呆気なく放ってしまったが、あれは、ひさしぶりだったからだろう。

「いいよ、イッて……きみがイク姿を見せてほしい……」

そう言って、孝太郎はつづけざまに打ち込んだ。ぴったりと下半身を押しつけて、ピストンしながら奥のほうを捏ねまわした。

ひどく気持ちがいい。若い頃だったら、絶対に放っていただろう。

「ぁああ、ああ……イク、イキます……」

「そうら、イケぇ！」

つづけざまに深いところに打ち込むと、

「あん、あんっ、あんっ……ぁあああ、イク、イッちゃう……！　やぁああああぁぁぁ、くっ！」

祐美子は後ろ手にシーツをつかみ、大きく反りかえった。

それから、がくん、がんと躍りあがり、足をピーンと伸ばした。

4

ぐったりしていた祐美子が絶頂の弛緩から回復し、すぐ隣に仰向けになっている孝太郎のほうを向いて、

「出されなかったんですね」

申し訳なさそうに言う。

「ああ……大丈夫だよ。もう七十路《ななそじ》だからね。この歳になると、射精するかどうかは大した問題ではなくなる。それよりも、いかに女の人が満足してくれるかなんだ。祐美子さんがイッてくれたから、大満足しているんだ」

気持ちを伝えた。本心だった。

先日、景子ママに中出ししたときは、目眩く快感を覚えた。だが、同時に心臓が激しく打って、死ぬかと思った。男も七十歳を過ぎると、女性のなかに出すのは、まさに命懸けなのだと感じた。

以前ほど射精の快感は大きくない。射精後の性欲の落ち込みも激しく、これなら、無理に放つ必要はないのでは、と思っていた。

「きみが満足してくれれば、俺も満足なんだ」

言うと、祐美子が上体を持ちあげて、孝太郎の唇にそっと唇を押し当て、

「別れた彼に聞かせてあげたいわ」

ぽつりと言う。

「……じゃあ、彼は?」

「自分だけ先にイッてしまって、放っておかれたんです」

「イケないまま？」

じっと見おろしてくる妙子のセミロングの髪を撫でながら、確かめた。

すると、祐美子ははにかんで、

「男の人にイカせてもらったの、ほんとうにひさしぶりなんです」

恥ずかしそうに言って、顔を胸板に埋めてくる。

「そうか、それはつらかったね……別れて正解だったんじゃないかな」

孝太郎は自分の顎の下にある祐美子の頭を撫でた。

「わかったんですけど……」

「何？」

「わたし、年上の男性が合っているのかもしれません。高杉さんとして、すごく良かったから……」

祐美子はまた顔をあげて、孝太郎の顔を挟みけるようにして、唇にキスをしてくる。

まだ、満足していないのだろう。女性のなかには、気を遣るほどに欲しくなる者がいると言う。いや、きっと多くの女性がそうなのだろう。

祐美子は積極的に唇を重ね、舌を差し込んでからめてくる。

最初はむしろ、清楚だと思っていた女性が貪欲になっていく。女の正体を明かしていくその姿が、孝太郎には何よりも貴重に思える。

祐美子のすべすべの背中を抱き寄せ、さほど上手くないキスをしながら、背中を撫でる。

すると、祐美子は唇を離して、孝太郎の胸板にキスを浴びせ、小豆みたいな色の乳首に舌を這わせる。

チューッと吸われて、粘っこく舐められると、乳首が勃起して、下腹部にも力が漲るのを感じた。

とても繊細に乳首を舌であやされるうちに、ぞわっとした快感が流れ、それが全身に及ぶ。

「もう一度、していいですか?」

祐美子が黒髪をかきあげながら、アーモンド形の目で見あげてきた。

「いいよ、もちろん……」

そう言いながらも、孝太郎は一抹の不安を感じていた。

(勃つんだろうか?)

祐美子が羽毛布団をかぶって、下へ下へと顔を移していく。

温かい息を感じる。柔らかな舌が肌をなぞってくる。

次の瞬間、暖かな息とともになめらかな舌が、股間のイチモツをとらえた。

茎胴にしなやかな指がからみ、余った部分に舌がまとわりついてくる。

「ああ、気持ちいいよ……」

そうは言ったものの、分身にはいまひとつ勃起感がない。一応、勃っているのだが、芯が通ったようなギンとした充溢感がない。

(頬張られれば、きっともっと……)

だが、その願いも虚しく、唇をかぶせられて、大きくしごかれても、今一つ漲った感じがない。

(しょうがない……あれを使おう)

脱いだシャツをさがした。孝太郎は魔法のパンティを入れるために、胸ポケットの大きなアロハシャツを着ていた。

セックスするときはいつも脱いだ服をどこに置いたかを忘れてしまう。多分、昂奮していて覚えていないのだ。

あった。なぜか、ベッドのすぐ下の床に落ちている。

（困った……フェラされているこの姿勢では……）

しかし、ここはどうにかして、魔法のパンティを嗅ぎたい。

孝太郎は中心軸を頰張られたまま、じりじりと時計の針のように体をずらし、思い切り右手をおろし、指に引っかかってきたシャツを拾った。

幸い、祐美子はしゃぶるのに夢中になって、気づいてない。それに、布団をかぶっているから見えないはずだ。

ブーゲンビリアの描かれたシャツのポケットから取り出し、ジップロックを外して、なかにこもった芳香を思い切り吸い込んだ。

（ああ、なんて魅惑的な香りなんだ……！）

瞬時にして、妙子との熱烈なセックスが思い出され、途端にイチモツがギンとしてくる。

もっと嗅いでいたいが、祐美子に目撃されたら、終わりだ。

充分に香りを吸い込んで、ピンクのパンティのおさまった袋のジップロックをして、ポケットにしまった。

もう大丈夫だ。孝太郎が羽毛布団を剝がすと、肉棹を頰張っている祐美子がちらりと見あげてきた。それから、吐き出して、垂れ落ちた髪の隙間から目をのぞ

かせて、

「硬くなってきた……カチンカチン……上になっていいですか？」

孝太郎におうかがいを立てる。すっきりした顔がボーッと桜色に染まって、目が潤んでいた。

「もちろん……」

孝太郎としてはいちばん元気のいいときに入れてもらいたい。

祐美子がおずおずとまたがってきた。

蹲踞の姿勢になり、いきりたつものを握って翳りの底に押し当てて、ゆっくりと腰を振る。

「んっ……あっ……ぁああ、こうしてるだけで気持ちいい……」

顔をのけぞらせてから、慎重に沈み込んできた。

肉柱が翳りの奥に吸い込まれていき、祐美子は手を離して、

「ぁあああっ……！」

口をいっぱいに開けて上を向き、それから、両膝を立てて開き、ゆっくりと腰を振りはじめた。

孝太郎の立てた膝に後ろ手に両手を突き、のけぞるようにして、下半身を前後

に打ち振っては、

「あっ……あっ……ぁあああぁぁ、いいの……！」

さしせまった様子で言う。

長い間、満たされずに溜まっていたのが、堰《せき》が切れたように放たれているのだろう。腰振りが加速度的に速く、大きくなっていく。

「くうぅ……」

孝太郎は奥歯を食いしばって、その尋常でない腰振りによってもたらされる快感を必死にこらえた。

七十歳の身には、この激しさはこたえる。だが、この瞬間、勃起は四十年前の強靭を取り戻しているから、どうにか耐えられる。

「ぁああ、こんなになったの初めてです……初めて……ぁああ、止まらない。恥ずかしいわ……腰が勝手に動く」

「いいんだよ、それで……すごいよ。きれいだよ。色っぽいよ。ぁあああ、チ×チンがもぎとられそうだ」

声をかけると、祐美子が今度は前に突っ伏してきた。

孝太郎を抱きしめてキスをしながら、腰を動かす。

（おおー……これも気持ちいい……）

ねちねちとからみついてくる舌とぽっちりとした唇、そして、下半身のイチモツは温かい女の坩堝《るつぼ》に包み込まれている。

「んんんっ……んんんっ……ぁあああ、いいの、いい……どうして？　どうしてこんなにいいの？」

キスをやめて、祐美子は這うような姿勢で腰をぐいぐいと後ろに突きだし、引き寄せながら、勃起を揉み込んでくる。

窮屈な肉路で、勃起が圧迫され、根元を締めつけられて、孝太郎にも射精する前に感じるあの逼迫感が押し寄せてきた。

「ああ、すごいな……出そうだ」

思わず訴えると、祐美子の腰の動きに拍車がかかった。

「ぁああ、わたしもいいの……わたしもイキそうです……」

祐美子が膝を立てて、今度は上下に撥ねはじめた。

胸板に両手を突いて、やや前屈みになりながらも、まるでスクワットでもするように尻を振りあげ、打ちおろして、

「んっ……んっ……ぁああ、響いてくる。奥がいい！」

祐美子は黒髪を乱して、今にも泣きださんばかりの表情で言う。

その間も、腰の上下動は止まらない。

パチン、パチンと尻と下腹部のぶつかる音が、ホテルの部屋に響く。

縦揺れする乳房を見ているうちに、孝太郎もいよいよ追い込まれた。こうなったら、自分でも攻めよう。

膝を立てて動きやすくして、腰を振りあげた。屹立がズンッと体内を突きあげて、

「ぁあああ……！」

祐美子がのけぞった。

蹲踞の姿勢を取る祐美子めがけて、つづけざまに腰を撥ねあげた。ズンッ、ズンッと怒張が女の筒を奥深くまで突きあげていき、

「あんっ……あんっ……ぁあああ、恥ずかしい……またイッちゃう！」

祐美子は上体をほぼ垂直に立てて、大きくのけぞった。

セミロングの髪を振り乱した祐美子のバランスのいい肢体に、痙攣のさざ波が走り抜ける。

息が切れかけていた。しかし、もう少しで射精できそうだった。接して洩らさ

ず、とは言うものの、やはり、射精できるときにはしたい。

（イケ、イッてくれ！　俺も出す！）

心のなかで叫び、祈るような気持ちで突きあげたとき、

「あん、あん、あんっ……イキます。イクぅ……やぁあああぁぁぁ、くっ！」

祐美子が昇りつめて、躍りあがる。

（俺も……！）

腰を撥ねあげたとき、孝太郎も至福に押しあげられた。

「うあっ……ぁあああああ！」

吼えながら、放ちつづけた。

命のロウソクが揺らめいている。そう感じるほどの苛烈な放出だった。

打ち終えると、祐美子が突っ伏してきた。

はあはあと荒い息をしながら、孝太郎の唇に唇を重ねて、舌をからませる。

（情熱的な人だ……これが、祐美子さんの別の顔なんだな）

孝太郎は窓口でにこやかに対応する祐美子の姿を思い出しながら、慈しむようにさらさらの髪を撫でた。

第三章　古希なのに

1

　その日の午後、孝太郎が行きつけのスーパーマーケットで食料品を選んで籠に入れ、レジの列に並んでいるとき、後ろからポンと肩を叩かれた。

　タンクトップにウインドブレーカーをはおり、ぴちぴちのショートパンツからすらりと長い足が伸びている。孝太郎を見、大きな瞳に笑みを浮かべて、にこっとする。

　丸山亜里紗だった。

「孝ちゃん、自炊するんだ？」

間にひとりを置いて、声をかけてきた。

「ああ、まあね……」

孝太郎は挟まれた女性が可哀相になって、自分の位置を譲り、ひとつさがって亜里紗の前に並ぶ。

「外食もするけど、とくに朝と昼は自分で作るよ」

「そう……偉いじゃない」

「今日は、学校のほうはいいのかい？」

亜里紗は二十六歳だが、美容師になるために、美容専門学校に通っている。

「今日はさぼっちゃった。お店も休みだから、たまには家でだらっとしようかって……」

「ああ、なるほど……人間、たまには休まないと。俺はいつも休みだけどな」

自嘲すると、亜里紗もつられて笑った。

すると、真っ白な歯がのぞいて、目尻がさがり、愛らしさが増す。

レイヤーカットのミドルレングスの髪は染めているのか、少し茶色がかっている。長身ですらりとしていて、胸も尻も豊かで、くっきりした顔立ちをしている。とくに唇はふっくらとして、いつも赤く濡れている。

どこかエキゾチックで謎めいた顔は変わらない。水商売をするために生まれてきたような女だが全体的に夜、店で見る彼女とは雰囲気が違う。だが、これで美容師になったら、きっと多くの男性ファンがやってくることだろう。容姿に恵まれていることは、女性にとって大きな武器になる。

順番が来て、レジを済ませ、野菜や肉をレジ袋に詰めていると、隣に亜里紗がやってきた。亜里紗もレジ袋に食料品を移しかえながら、小声で言った。

「この前、わたしが休みのとき、お店で足を挫いたんだって？」

亜里紗がタメ口で訊いてくる。これだけ歳も離れているし、客と従業員という関係からも、普通は尊敬語や丁寧語のはずだが、亜里紗はタメ口である。

しかし、それを厭味に感じさせないところが、すごいところだ。

「ああ……でも、大したことはなかったよ」

「ママから聞いたわ。信用金庫の美人窓口嬢に送ってもらったそうね。あれから、どうなったの？　教えて……」

「どうって……別に何ともならないよ」

「ふふっ、ママには話すけど、わたしにはウソをつくのね。聞いたわよ、ママから。とうとう成功したらしいって……」

あの後、ママに顚末を訊かれ、手助けされた恩義もあって、ついつい祐美子を抱けたことを話してしまった。あれほど、他人には言わないように釘を刺しておいたのだが……。

「すごく興味があるの。わたしにも聞かせて。レジ袋、持ってあげるから」

そう言って、亜里紗は孝太郎のレジ袋をつかんで、さっさと歩きはじめる。

「おい、どこへ行くんだよ？」

「公園に行きましょ。たまには、いいでしょ？　平日だし、空いていると思うわよ」

とっとと前を歩いていく亜里紗の、すぐ後ろをついていく。

レジ袋を二つさげた亜里紗は、後ろから見てもスタイルが抜群にいい。

八頭身、いや、九頭身はあるのではないだろうか？　顔は小さく、足は日本人離れして長く、すらりとしている。そのくせ、太腿はむっちりとして、ヒップは吊りあがり、ぴちぴちの短いショートパンツから、尻の下側のふくらみが見えかかっている。

これだけのスタイルでエキゾチックな美人なのだから、当然、ボーイフレンドは掃いて捨てるほどいるだろう。スナック『時代遅れ』の客のなかにも、彼女を虎視眈々と狙っている男の客は山ほどいる。

それなのに、客の誰かが亜里紗とデートをしたとか、抱かせてもらったという話は一切聞こえてこない。

昼間は美容師専門スクールに通っているくらいだから、根は案外真面目で、店の客とは安易に寝たりしないのかもしれない。

常連客の孝太郎も、まだ亜里紗とデートもしたことはない。

そんな真面目な亜里紗が、今回のことに関しては食いついてくるのが、不思議だった。

徒歩数分のところに小さな児童公園があって、そこのベンチに二人は座る。時間は午後四時で、学校を終えた小学生たちが、数人、遊具で遊んでいた。

「お肉が心配よね。これを使うといいわ……食料品を調達するときは、いつも持参しているのよ」

亜里紗は自分のレジ袋から保冷剤をひとつ取り出して、孝太郎のレジ袋に入れて、袋の口をぎゅっと縛った。こういうところはすごく家庭的で気がまわる。

案外、結婚したら、いい妻になるのではないだろうか？

「はい、これで大丈夫」

亜里紗はにこっとして、前を向き、ジャングルジムで遊んでいる子供たちをにこにこして見ている。

美人特有の流れるような横顔で、長くてカールした睫毛とツンとした鼻先に目を奪われる。

「さっきの件だけど、知りたいな……いいでしょ？　ママに話したんだから。教えてよ」

亜里紗はもうその件は忘れてしまっているのかと思っていたが、そうではなかった。

「どうしてそんなに知りたいの？」

「どうしてって……それが自然でしょ。女の子はそういうことに関しては、いつも興味津々なの。それに……孝ちゃんにも前から興味あったし……」

「俺に……？　ウソでしょ？」

「ウソじゃないわよ。孝ちゃん、新幹線の運転士だったんでしょ？　わたしも電車好きだから。撮り鉄だから」

「ああ、それは知ってるよ。きみが電車の写真を撮っているのは」

「今度、一緒に鉄道博物館に行こうよ。いろいろと教えてほしいわ」

「……いいけど。きみと一緒なら、愉しそうだ」

「よかった……今度、行きましょ。約束よ」

「わかったよ」

孝太郎は心のときめきを抑えられなかった。

「だから、教えて……何があったの？」

亜里紗がまた訊いてくる。これだけ執拗に訊ねるのは、やはり、孝太郎に興味があるのだろう。これは案外、可能性があるのではないか？

「しょうがないな。彼女には絶対に他言しないと約束したんだから、人に話さないでよ」

「わかった。大丈夫よ。わたしはママより口が堅いから」

「……じつは……」

と、孝太郎はその夜にあったことを思い出しながら、ぽつりぽつりと話す。だいたい話し終えたところで、亜里紗が首をひねった。

「孝ちゃん、ぼかしているけど、どうして急に勃つようになったの？　それがわからないと、納得できないわ。教えて……」

「いや、それは、聞かないほうがいいよ」

「どうして？　ママには教えられても、わたしにはダメだってこと？」

「そうじゃないけど。手品はタネを知ってしまったら、つまらなくなるだろ？」

「手品の種明かしをして。お願い……」

亜里紗が右手をズボンの太腿に伸ばしてきた。子供たちには見えないように、レジ袋で巧みに隠しながら、ズボン越しに太腿を撫でる。

キャバ嬢がお客を繋ぎ止めるための常套手段だが、まさか、亜里紗が公園でこんなことを……。

「おい……？」

「教えて」

レジ袋で隠して、しなやかな指を股間に添えた。やわやわと揉みはじめる。

「やめろよ……」

孝太郎はちらりと遊具で遊ぶ子供たちを見る。

「白状しなさい。言わないと、もっとするわよ」

「わ、わかったよ……」

孝太郎は心を決めて、ズボンのポケットをさぐる。

いつ何どきそういう状況が訪れないとも限らないので、常にポケットに入れてあるジップロックされた魔法のパンティを、手で覆って外部からは見えないようにして、そっと見せる。

「えっ……これ……？」

さすがに驚いたのだろう。亜里紗が大きな目をぱちくりさせて、ピンクのパンティと孝太郎の顔を交互に見る。

「これは……大恋愛して別れた恋人がつけていた下着だよ」

耳元で囁いた。

「別れた恋人って？　なぜ、彼女の下着を持っているの？」

亜里紗が知りたがったので、その顛末を教えた。

「信じられない！　そんな昔の下着に効果があるなんて……いくら真空状態で保存していたとしても、普通は劣化するし、匂いだって消えるんじゃないの？　ねえ、もう一度見せて」

亜里紗が、孝太郎の手からそれを奪い取った。

それから、子供たちには見えないように後ろを向き、ジップロックを外して、匂いを嗅いだ。

スーッ、スーッと吸って、

「はんとだ。けっこう匂う。それもいやな匂いじゃないわね。これ、絶対、彼女、香水つけてるよ。種類はわからないけど……ああ、なんかいやらしい匂いもする。なるほど、これならわからないことはないわね。でも、奇跡よね。こんなこともあるんだね……」

亜里紗が下着を返してくれる。

「だろ？　これでウソじゃないことがわかっただろ？」

亜里紗がうなずいた。大きな目が何かを思いついたように、きらっと光った。

「ねえ！」

「何だよ？」

「実際に試してみて」

恐ろしいことを言う。

「えっ……でも……」

孝太郎には期待感と戸惑いの気持ちが湧きあがってくる。

「いいじゃん、して見せてよ……」

「今、ここでは無理だぞ」

「わかってるよ。来て」

亜里紗は孝太郎の手を取って立ちあがる。孝太郎は盗まれるといけないと思って、二つのレジ袋をさげて、ついていく。

「どこに行くんだよ？」

「早く見たいから、ここでいいよね？」

亜里紗に連れていかれたのは、公園内にある公衆トイレだった。

「いやだよ、こんなところじゃ」

「スリルあるじゃないの。ひょっとして孝ちゃん、トイレでしたことないの？　あれを？」

「ないよ」

「意外とつまらない人生を送ってきたのね。普通はその年齢なら、トイレで一発くらいはしてると思うよ」

「そうかな……」

「いい経験じゃないの」

そう言って、亜里紗は人影のないことを確かめて、女子用のトイレに入る。

（うん？　さっき、いい経験だと言った。つまり、それは……トイレで嵌めさせてくれるってことか？　いや、まさか……）

未使用なのを確かめて、亜里紗は孝太郎を個室に引き入れる。

そこは公園のトイレには珍しく、清掃の行き届いた清潔な個室で、臭気もまったくない。

「ここなら、大丈夫ね。嗅いでみてよ……しないなら、祐美子さんとのことも、このパンティのことも、お客さんにばらしちゃうかも」

亜里紗が悪戯っ子のような目を向けた。

「わかったよ。やるよ………だけど、亜里紗ちゃん、こんなことしていいの？ボーイフレンドに叱られるんじゃないの？」

「残念でした。彼氏はいません」

「ほんとに？」

「半年前に別れたのよ」

「そうか……」

「ほんと、孝ちゃんは察しが悪いな。女の子は下半身の事情をはっきり言えないんだから、そこは男の人に察してもらわないと。それができないとモテないよ」

亜里紗が言う。ということは、亜里紗は今、彼氏がいなくて、下半身が寂しいのだろう。それで、孝太郎と……。

「なるほど、わかったよ」

孝太郎はレジ袋をフックに引っかけて、ポケットから例のパンティを取り出す。ジップロックを外して、籠もっていた香りを思い切り吸い込んだ。

亜里紗の言う、香水の混ざった性臭が鼻孔に忍び込み、それが下半身を刺激して、分身がむっくりと頭を擡げてきた。股間がテントを張ってくるのを見た亜里紗が、

「すごい……ほんとうだわ」

瞳を輝かせて、水洗トイレの蓋に腰をおろし、目の前でズボンを持ちあげているものに手を伸ばした。間髪いれずに、やわやわと触ってくる。

元恋人の下着の香りを吸い込みながら、そこを揉まれると、分身がいっそう力を漲らせて、ズボンを突きあげた。

「孝ちゃん、この前はきっとこれが最後の勃起だって言ってたけど、あれはウソだったのね？　ああいうこと言って、ママの同情を買おうとしてたのね？」

亜里紗が大きな目で見あげて、鋭いところを見せる。

「ああ、そうだ……」

「このウソつき！」

亜里紗は一瞬、ぎゅっと勃起を握りしめた。

それから、ズボンのベルトを手際よくゆるめ、綿パンとともにグレーのブリーフを膝までおろした。

頭を振って飛びだしてきた肉柱は、自分でも惚れぼれするような角度でいきりたっている。

「ウソみたい……古希を迎えて、こんなに元気……」

亜里紗は興味津々という様子でそそりたつものに触れて、その硬さを確かめるようになぞりまわす。

「……マズいよ」

「どうして?」

「したくなっちゃう」

孝太郎は聞き耳を立てる。幸いにして、聞こえるのは子供たちの遊び声だけで、女子トイレには人の気配はない。

「咥えていい?」

「……いいけど」

次の瞬間、亜里紗がすっと顔を寄せてきた。

勃起の根元を握って、角度を調節しながら、亀頭部にキスをする。ちゅっ、ちゅっと唇を押しつけ、舌を横揺れさせて、鈴口を舐めてくる。

「おい……あっ、くっ……！」

湧きあがる快感に、孝太郎は顔を持ちあげる。

公衆トイレの白い天井が見える。

尿道口を生温かい舌でちろちろと刺激され、おまけに、根元をぎゅっ、ぎゅっと絞りあげるようにしごかれると、ここではマズいという気持ちが徐々に薄れていく。

「ふふっ……硬いわ。すごいパンティ効果ね。びっくりだわ……」

見あげて言い、亜里紗は顔を傾けて、側面に舌をジグザグに走らせる。その間も、縮みあがっている睾丸をやわやわと持ちあげるようにあやしてくる。

（上手いな……）

亜里紗は容姿がどこか秘密めいていてセクシーで、男心をかきたてるのだが、現実の愛撫もそれに相応しく達者だった。

公園のトイレでもあわてず騒がず、じっくりと攻めたててくる。

決して焦らず、亀頭冠にぐるっと舌を走らせ、裏筋をツーッ、ツーッと舐めあげる。さらに、真裏の包皮小帯を集中的に攻め、その間も、陰嚢《いんのう》を触っている。

トイレの蓋に腰をおろし、前屈みになって、時々、効果を推し量るような目で見あげてくる。

睫毛の長いぱっちりとした目が瞬かれた。孝太郎の表情をうかがいながら、包皮小帯に舌を走らせる。根元を握って、強くしごかれて、

「おっ、くっ……ぁあぁぁ」

孝太郎は天井を仰ぐ。やはり、フェラチオは最高だ。齢七十の男にとって、これほど気持ちいいものはない。体力に自信のない者には、自分が何もしなくてもいいというのは大きな魅力だった。

「フェラされると、下着を嗅がなくても、勃起しつづけるのね？」

亜里紗が勃起に顔を寄せたまま言う。

「そうみたいだ……昂奮してると、必要ないみたいだ」

「要するに、あのパンティは起爆剤ってこと？」

「そうみたいだな……」

「よほど、別れた彼女とのセックスがよかったのね？」

「ああ……よかったよ」

「よかったわね。そういう思い出があって……わたしはまだないのよ」

浮かない顔をして言い、亜里紗が頬張ってきた。

てらてらと光る亀頭部に唇をかぶせて、根元を握りしめて擦り、ゆっくりと唇をスライドさせる。

「おっ……くっ！」

敏感な亀頭冠をまったりとした唇でしごかれ、血管の浮きだす肉棹を強めに擦られると、ジーンとした痺れに似た快感がうねりあがってきた。

亜里紗は顔を素早く打ち振って、献身的に唇をすべらせる。

ちゅっぱっと吐き出して、口角についた唾液を手の甲で拭い、また頬張ってきた。

今度は指を離して、ぐっと根元まで咥えた。

頬を凹ませて、吸ってくる。そうしながら、かるく顔を打ち振る。

バキュームフェラでかわいがられて、イチモツが悦んでいる。

「ああ、気持ちいいよ……」

状態を伝えると、亜里紗はちらっと見あげて満足そうに微笑み、それから今度はより強く、激しく唇をすべらせる。

孝太郎の尻をつかみ寄せて、もう逃がさないとばかりに唇を往復させる。

時々、ジュルルっと唾液を啜りあげ、また、深く咥える。

陰毛に唇が接するほどに奥まで呑み込み、ぐふっ、ぐふっと噎せた。それでも
吐き出そうとはせずに、ジュルルと吸い込む。

それから、また顔を打ち振る。

「んっ……んっ……んっ……」

激しく唇を往復させ、途中で獣が獲物の肉を食いちぎるように顔をSの字に振る。

目を瞑ると、子供たちが遊ぶ無邪気な声が聞こえてくる。やがて、それが気にならないほどの快感がひろがってきた。

「ああ、ダメだ。出てしまうよ！」

訴えると、亜里紗が肉棹を吐き出して、言った。

「ねえ、わたしのマンションに来ない？　ついでに、髪を切らせてほしいの？」

「俺の髪を？」

「ええ……なかなか本物の髪をカットできなくて……孝ちゃん、髪が伸びているようだし、ちょうどいいかなって……」

「実験台だな？」

「そう……でも、わたし学科はダメだけど、腕はいいって言われているのよ。器用だって……だから、大丈夫よ。カット代が浮くでしょ？」

そう言われて、断る理由はなかった。

「わかった。行くよ」

「よかった……その前に、出させてあげるね」

亜里紗は仕上げにかかる。

肉棹の根元を握った指で強くしごかれ、余った部分を頬張られて、同じリズムで顔を打ち振る。

時々、皺袋を左手でなぞってくる。

「ああ、ダメだ。出るよ」

「うん、うんっ、うんっ……！」

激しく唇と指で勃起を擦られると、抑えきれない快感がうねりあがってきて、

「くっ、出る……！　ぁあああ！」

吼えながら、放っていた。

次から次とあふれでる白濁液を、亜里紗は唇を接したまま、こくっ、こくっと

噓《う》ドしていた。

2

亜里紗のマンションは１ＬＤＫの間取りで、想像以上にきちんと片づいていた。リビングにはピンクのシーツの敷かれたシングルベッドが置いてあり、その前には小さなソファがある。

亜里紗はレジ袋から食品を取り出して、冷蔵庫に入れ、

「時間がかかるから、孝ちゃんのも入れておくね」

孝太郎のレジ袋から食品を出して、冷蔵庫にしまってくれた。

さっきも思ったのだが、やはり、亜里紗は家庭的だ。というより、気配りができると言うべきか。これなら、たとえば自分で美容室を開いても、成功するだろう。さっきトイレで口内発射しているせいか、孝太郎からも邪心がなくなっている。

「じゃあ、早速、髪を切らせて」

「ああ、いいよ……」

「そこに座って」

亜里紗は黄色のタンクトップに白いショートパンツという格好で、てきぱきと動き、孝太郎をキッチンテーブルの椅子に座らせ、切った髪の毛が落ちないように散髪ケープをつけた。

「このまま、短くするのでいい？」

「ああ……そうしてくれ。短くしすぎないように頼むよ」

「わかったわ。大丈夫、わたしに任せて」

亜里紗は髪を少し濡らし、櫛ですきながら、散髪用ハサミを動かす。

手つきがいい。速くて、正確だ。

「上手いね」

「そうでしょ？　先生にもそう言われるの。器用だし、センスがいいって……」

亜里紗は軽快にハサミを使う。

テーブルの上には小さな鏡が置いてあって、それに、自分が映っている。

ものの十分もかからないうちに、亜里紗はカットを終えて、

「できた。これで、大丈夫？」

もうひとつの手鏡を使って、テーブルの上の鏡に映し、襟足などの具合を見せ

る。

「ああ、いいね。ほんと、上手だ。俺が行ってる散髪屋さんと遜色ない。むしろ、速いな」

「わたしを見直した？」

「ああ、見直したよ。もっとも、夜の仕事にも向いてるけどね」

「ふふっ……学校を卒業して、正式採用されるまでは、店はつづけるつもり」

「よかった……きみがいなくなったら、寂しいからな」

「何言ってるの？　ママを抱いたくせに」

亜里紗があっさりと言った。

「えっ……？」

「知ってるのよ、ママから聞いたの。でも、別にわたしには関係ないから」

そう言って、亜里紗は散髪ケープを首から外した。

（ママは、何でも喋っちゃうんだな）

孝太郎の経験でも、女は仲のいい同性に、まさかということまで話す確率が高い。もっとも、孝太郎も祐美子とのことを、ママに話してしまっているのだから、他人のことは言えないのだが。

「ちょっと、休も。ビールでも呑む？」

勧められるままにソファに腰をおろすと、亜里紗が冷蔵庫から缶ビールを二つ持ってきて、孝太郎に渡した。

自分も隣に座って、プルトップを開け、ごく、ごくっと軽快に喉を鳴らし、

「ああ、美味い！」

まるでオヤジのように言い、唇についた泡を手の甲で拭った。

孝太郎も缶ビールを呑む。よく冷えたビールが喉を潤していく。

「うん、美味いな！　冷えたビールは」

同調すると、

「ふふっ、そうでしょ？」

亜里紗が身体を寄せてきた。

ソファに座った孝太郎に胸のふくらみを押しつけ、サイドからじっと孝太郎を見る。

「何だよ？」

「ふふっ、わたしってカットの才能があるなって……ちょっと手を加えたら、すごくよくなった。若返った」

そう言って、髪の毛に触れる。

黄色のタンクトップの胸が明らかに意図的に押しつけられている。おそらくノーブラだろう胸の柔らかな弾力を感じる。

さっき、濃厚なフェラチオを受けて射精しているのに、下腹部のものがわずかに力を漲らせる感触があった。

と、それを目敏く見つけた亜里紗が、

「あらっ、孝ちゃん、あれが大きくなってるんだけど……」

ズボンの股間に視線を落とした。

「そうみたいだな……」

「すごいじゃん。さっき出したのに……それに、パンティは使ってないのに」

「ああ、自分でもびっくりだよ。きっと、相手が亜里紗ちゃんだからだろうな」

「ふふっ……すごい光栄だわ」

亜里紗がズボンの股間をその硬さを確かめるように触れてきた。さすられるとそこがますますギンとしてきた。

（さっきフェラしてもらったときの快感を覚えていて、それでこんなになるんだろうな……！）

妙子の下着の匂いを嗅がなくとも勃起できるとすれば、これは新しい局面だ。

(よし、大きくなれ！　もっとカチカチになれ！)

孝太郎は祈った。その気持ちが通じたのか、亜里紗もイチモツを情熱的に揉み込みながら、胸のふくらみを擦りつけてくる。

だが——。

いくら愛撫されても、イチモツは一定以上硬くならない。

きっと、触っているだけではダメだと思ったのだろう。亜里紗は立ちあがって、ショートパンツをおろし、シルクベージュのハイレグパンティを脱いだ。

息を吞むようなプロポーションだった。

亜里紗は黄色のタンクトップだけ身につけていて、下半身は裸だ。

すらりとして一直線に伸びた美脚は、日本人離れした長さだ。

しかも、タンクトップのふくらみは頂上に二つの突起が浮きでていて、下腹部には細長い陰毛とともにふっくらとした割れ目までもが見える。

亜里紗は自分の脱いだパンティを一瞬、鼻に持っていって、匂いを嗅いだ。

「うん、これなら大丈夫。これを使ってみて」

手渡してくる。さっきまで亜里紗の肌を覆っていた布切れは、まだ温かく、羽根のようにかるい。

「匂いを嗅いでいいよ。もしかしたら、それで勃起するかも。だって、他の女の下着をくんくんされるのは、あまり気持ちがいいものじゃないでしょ？」

「ああ、確かに……でも、いいの？　使用済みパンティの匂いを嗅いで？」

「恥ずかしいけど、しょうがないじゃないの」

受け取ったパンティはクロッチにわずかにシミがついていて、全体が汗で湿っている。鼻に押し当てて、匂いをおずおずと嗅ぐ。

甘ったるい微香が仄かに匂いたつ。

妙子のものより柔らかい。亜里紗に接するときに感じていた薄い体臭とともに、おそらく分泌液の匂いだろう、甘酸っぱさが混ざっている。

「ああ、いい匂いだ……」

孝太郎はうっとりとして言う。

すると、亜里紗は孝太郎のズボンのベルトをゆるめ、ブリーフとともに引きおろして、足先から抜き取っていく。

露出したそれは、一応頭を擡げているものの、最高の勃起度数を十とすれば、せいぜい六くらいか。

(これではダメだ。もっと、硬くなれ！　そうなれば、常に現物支給ができて、困ることはない！)

深呼吸して、フレグランスを深々と吸い込んだ。

その間に、亜里紗はソファにあがり、下半身をまたいだ。

蹲踞の姿勢になって、まだ硬化しきっていないイチモツを強引に挿入しようと、指で導いて、腰を落とした。

だが、亜里紗の入口はとても狭くて、完全勃起していないそれには、膣口に押し入っていくだけの硬度はなく、弾かれてしまう。

(ダメだ、もっとだ……！)

孝太郎は鼻が鳴るほど、パンティの甘い香りを吸い込む。

と、亜里紗は剝きだしの肉茎の上に尻を乗せて、それを刺激しようと前後に揺すりながら、擦りつけてきた。

「ああ、くっ……！」

「もっと、匂いを嗅いで」

孝太郎はシルクベージュのハイレグパンティを鼻に押しつけて、思い切り匂いを吸い込む。

「ぁああ、オッパイを触ってよ」

亜里紗が自分で黄色のタンクトップをめくりあげた。まろびでてきたたわわな乳房に圧倒された。

直線的な上の斜面を下側の充実したふくらみが押しあげている。真ん中よりやや上にせりだしている乳首はびっくりするほどの透明感のあるコーラルピンクだった。

「すごいな……きれいな胸だ」

賛美して、しゃぶりついた。

豊かな胸を揉みしだき、その柔らかくて吸いつくような感触を味わう。

コーラルピンクの乳首がますます尖ってきて、それに吸いついた。

あんむと頬張り、なかで舌をつかった。

れろれろっと横に撥ね、縦に舐めると、

「んっ……んっ……ぁあああ、いいの。孝ちゃん、いいの……ぁあああ、切ない……」

亜里紗は肩につかまって、盛んに腰をつかう。

みっちりと肉の詰まった双臀でイチモツが擦れて、うれしい悲鳴をあげる。だが、それはギンとはしてこず、中途半端な状態がつづいている。

（よし、もっと亜里紗を感じさせれば……）

男は女が感じて身悶えをするほどに、あそこも力強さを増すはずだ。

左右の乳首を交互に吸い、舐め転がしながら、もう片方の乳房を揉みしだいた。

「ああ、感じる……孝ちゃん、わたし感じてる」

亜里紗はがくん、がくんと震えながら、腰を前後に擦りつけてくる。その尻の下で、イチモツは揉みくちゃにされる。

だが、やはり、今ひとつ勃起しきった充足感がない。

（しょうがない。残念だが、無理なものは無理だ。挿入できずに終わるよりも、ここはやっぱり……）

孝太郎は無念の思いを振りきって、言った。

「ゴメン。やはり、あのパンティを使っていいか？」

亜里紗が動きを止めて、うつむいた。悔しそうに、唇をぎゅと嚙みしめている。

「ゴメン……ほんとうにゴメン……」

「わかったわ。しょうがないもの。使っていいわよ」

亜里紗が何かを振り切るように言って、ソファから降りた。

3

裸になった孝太郎はシングルベッドに座って、ジップロックを外し、妙子のパンティの香りを嗅いだ。

明らかに匂いが薄くなっている。このままでは、やがて、消えてなくなるだろう。そのときは、孝太郎も勃起しなくなる。

(何とかしないとな……)

だが、今はこの瞬間に集中したい。基底部を鼻に押しつけて、くんくんしていると、亜里紗がまさかのことを提案した。

「ねえ、今思ったんだけど、孝ちゃん、それを頭にかぶったら?」

「はっ……?」

「そうしたら、匂いを嗅ぎながらセックスできるから、もっと気持ち良くなるんじゃないの?」

孝太郎も同じことを考えたことはあった。しかし、パンティを頭にかぶった自分の姿は想像するだに滑稽すぎた。

「だけど、絶対にへんだと思うぞ。きみも絶対に引くぞ」

「わたしは平気よ。ちょっと前に『パンティ仮面』って映画を観てるから、免疫できてるの。そのヒーローはパンティをかぶらないと、変身できないのよ。ねえ、やってみてよ」

それほどまでに言うなら、と孝太郎は妙子のパンティをかぶった。

こんな小さいもので大丈夫かと思ったが、想像以上に伸縮性に富んでいるためか、伸びてすっぽりとかぶれる。

よく嗅げるようにと、基底部を前にする。

最初は鼻の下までかぶったが、これでは、あまり匂いを嗅げない。思い切って顎の下にパンティのゴムが来るまでかぶる。

と、真上というわけではないが、クロッチが鼻に近づいて、一時と較べると淡くはなっているが、いまだに濃厚なチーズ臭が匂ってきて、分身が一段と硬くなった。まるで、発射前のロケットのようにいきりたっていた。

「アッハハッ……」

亜里紗が腹を抱えて、爆笑した。

「……おい、笑ってるじゃないか？」

「ゴメン、ゴメン……だって、あまりも可笑しいんだもの。見てみる？」

亜里紗が手鏡を持って、孝太郎の前に差し出した。

鏡のなかには、ピンクのパンティをかぶった自分がいた。左右の開口部が長円形に伸びていて、そこから両目が出ている。ちょうど顔の真ん中を長く伸びた基底部が縦に走っていて、鼻も口も隠れていた。

プロレスラーがつけるマスクに似ていなくもない。

だが、ピンクの色といい、明らかにそれとわかるクロッチと言い、あまりにも滑稽すぎた。

「……やっぱり、脱ぐよ」

想像以上にダメージを受けて、孝太郎が外そうとすると、その手を亜里紗が押さえた。

「いいじゃないの、このままで。わたし、けっこう好きよ」

「そ、そうなの？」

「ええ……ここに寝て」

言われるままに、ベッドに横になる。

シングルベッドで、ピンクのシーツが敷かれている。孝太郎もピンクのパンティをかぶっているから、色合いとしては合っているだろう。

亜里紗は両手で黄色のタンクトップを引きあげて脱ぎ、溜め息が出るような見事な裸身をあらわにして、覆いかぶさってきた。

パンティ仮面と化した孝太郎の胸板に、ちゅっ、ちゅっと接吻し、勃起してきた乳首を柔らかく舐める。ちろちろっとくすぐられると、ぞわっとした戦慄が流れる。

と、亜里紗は手をおろしていき、いきりたちを握ってきた。

乳首を舐められながら、屹立を握りしごかれる。快感で呼吸が速くなり、パンティの芳香をいっそう吸い込むこととなり、分身がますますギンとしてきた。

「ふふっ、やっぱり、パンティ効果は絶大ね。わたしのパンティじゃダメだってのが悔しいけど……」

亜里紗はネコ科の獣みたいに獰猛さを感じさせる目で見あげながら、情熱的に肉棹をしごき、乳首を巧妙に舐めてくる。

「くうぅ……おおっ……！」

孝太郎は呻き、知らずしらずのうちに下腹部を突きあげていた。

と、亜里紗の顔がさがっていった。

臍から真下におりていき、陰毛の林をシャリシャリと舐めてくる。そうしながら、肉棹を握りしごかれる。

唾液まみれの舌が肉の塔を、ツーッと這いあがってきた。

「ああん」とかわいらしい声を洩らしながら、なめらかな舌を走らせ、上から頬張ってくる。

「んっ、んっ、んっ……」

顔を打ち振りながらも、両手を上に伸ばして、乳首をくりくりといじっている。

（おおぅ、こんなの初めてだ！）

孝太郎はその妙技に酔いしれた。

しかも、性感が昂って呼吸が荒くなり、いっそう強くパンティの芳香を吸い込んでしまう。

ますますギンとしてくるイチモツをリズミカルに吸われると、さしせまった快感が押し寄せてきた。

「くっ……出そうだ！」

思わず訴えると、亜里紗が肉棹を吐き出して、立ちあがった。

孝太郎の体をまたいで、上から見おろしてくる。

すっと伸びた日本人離れした美脚、ふっくらとした女陰、長方形に繁茂した陰毛、下側の充実した乳房……。

亜里紗がしゃがんだ。

ものすごい勢いでいきりたっている肉柱をつかんで、狭間を擦りつけた。ぬるっ、ぬるっと切っ先がすべって、

「ぁああ、気持ちいい……」

そう喘ぎながら、亜里紗はゆっくりと腰を沈めてきた。

硬直が窮屈なとば口を突破すると、これもとても狭い肉路をこじ開けていき、

「ぁああ……！」

亜里紗ががくんとのけぞった。

「くっ……！」

と、孝太郎も奥歯を食いしばる。

温かい。それ以上に締まりがいい。

亜里紗が動きはじめた。両膝をぺたんと突いて、腰から下を打ち振る。

気持ちがいい。緊縮力の強い女の筒がうねりながら、ぎゅ、ぎゅっとからみつ

いてくる。

きっと、分身が完全勃起しているから、膣の締めつけをつぶさに感じることができるのだろう。

「ぁあああ、あああ……いいの、いい……」

亜里紗はエキゾチックな美貌を快楽にゆがませて、のけぞりながら、腰をくいっ、くいっと鋭角に打ち振る。

「おおぅ、くっ……！」

勃起を揉み抜かれて、孝太郎も呻く。

完全勃起している分、受ける刺激も大きい。

それに、さっきから口許に張りついているパンティが呼吸で湿ってきて、べとりと張りつき、息苦しい。

スーハー、スーハーとパンティをふくらませたり、吸い込んだりして、息をする。そのたびに、パンティの甘美な匂いが忍び込んでくる。

亜里紗が前に屈み、胸板に手を突いて、膝を立てた。

その状態で腰を振りあげ、振りおろしてくる。

「あんっ、あんっ、あんっ……」

喘ぎ声をスタッカートさせながら、尻を上げ下げする。

しかも、胸板に突いた手指で、孝太郎の乳首を細かく撥ねてくるのだ。

これには、参った。

最近は長持ちさせることに自信があった。しかし、魔法のパンティをかぶっているせいか、感じすぎる。この二箇所攻めには太刀打ちできそうにもなかった。

亜里紗はぶるん、ぶるんとたわわな乳房を縦揺れさせ、腰をストン、ストンと落としながら、指で乳首をいじってくる。

甘美な快感がせりあがってきて、耐えられそうにもない。

「ああ、ダメだ。出そうだ……！」

思わず訴えると、

「まだよ」

亜里紗はあっさりと腰を浮かして、結合を外した。

4

亜里紗はベッドに四つん這いになって、尻を突きだしてきた。

シングルベッドは狭すぎる。孝太郎はベッドを降りて、床に立った。

「ベッドの端まで来てごらん」

年上の余裕を見せる。

「こう……?」

亜里紗が後ろ向きに這ってきた。見事にくびれた細腰からせりだした大きなヒップがせまってきて、ベッドの端で止まった。

双臀の谷間には、セピア色のかわいらしい窄まりが息づいていて、その下にはふっくらとした大陰唇が深い谷間を形勢し、その内側に二枚の肉びらがわずかにひろがっている。

くっきりとした溝を刻む小陰唇は乳首と同じコーラルピンクで、縁だけが蘇芳《すおう》色に染まっていて、その対比が卑猥だった。

ふと思いついて、腰を屈めた。

顔にかぶったパンティを鼻の下まで引きあげる。左右の尻たぶをつかんでぐいとひろげながら、自由になった舌で狭間にしゃぶりつく。

この格好だと、パンティが目を覆ってしまっているが、パンティが透けているので、紗を通して、眺めているみたいだ。

さっきまで男根を受け入れていた女の花芯はおびただしい蜜にまみれ、舌を走らせると、まったりとした粘膜が舌にへばりついてきて、

「あっ……あっ……ぁあぁぅ、気持ちいい！」

亜里紗がもどかしそうに腰をよじり、もっとして、とばかりにくいっ、くいっと尻を擦りつけてくる。

孝太郎はいっぱいに出した舌全体を使って、花肉を舐めあげる。

さらに、上方の窪んでいる膣口に舌を這わせた。舌を尖らせて、わずかに口をのぞかせているそこにぐいぐいと突っ込む。

強い味覚があって、ぐちゅぐちゅといやらしい音とともに淫蜜があふれ、孝太郎の口許を揺らす。

「ぁああ、あああ……そこ、いやっ……いや、いや、いや……ぁあああ、なかまで入れないでぇ……ぁああ、気持ちいい……いいのよ……んっ、んっ」

亜里紗はびくん、びくんと腰を躍らせる。

孝太郎はもっと感じさせたくなって、右手の指を舐めて濡らし、舌の代わりに二本の指を膣口に押し込んでいく。ぬるぬるっと熱い滾りのなかにすべり込んでいって、

「ぁああぁ……！」

亜里紗が顔を撥ねあげた。

（ぐちゃぐちゃじゃないか……！）

孝太郎は指腹を下に向けて、Ｇスポットらしきところを指でノックするように捏ねながら、笹舟形の下に息づいている大きめのクリトリスを舐めた。

もっとも感じるところの二箇所攻めである。

孝太郎も古希を迎えている。年の功で、このくらいはできる。

二本の指で内部の粘膜を引っ掻くように擦りながら、肉芽に舌を走らせる。

ちろちろっと舐め、膣を指で抜き差しすると、

「あっ……あっ……ぁああ、いいのよ……気持ちいい……両方、気持ちいい……ぁああ、あああああぁぁ」

亜里紗がピンクのシーツが持ちあがるほど握りしめ、ますます腰を突きだしてくる。

抜き差しするたびにまったりした粘膜が指にからみつきながら、引き出され、半透明の愛蜜もすくいだされて、狭間をいっそう濡らす。

孝太郎はパンティを上にずらし、帽子のようにかぶった状態で、肉芽を一心不

乱に舐める。

あきらかに肥大し、尖ってきた陰核を頬張って、チューッと吸い込んだ。

「ぁあああ……いやぁぁ……くっ、くっ……」

亜里紗ががくん、がくんと腰を前後に揺らす。内腿が小刻みに痙攣していた。

「ぁああ、ください。本物が欲しい……孝ちゃんのあれが欲しい」

腰を振りたてながら、せがんできた。

妙子のパンティを帽子のようにかぶっていて、そのフレグランスを感じる。じかに鼻に当ててるより匂いは薄れているものの、勃起を維持するには充分だった。

孝太郎は立ちあがって、いきりたつものを膣口に押し当てた。

やや下付きだから、バックからのほうが挿入しやすい。

じっくりと腰を進めていくと、切っ先がとば口を押し広げながら、内部へと沈み込んでいって、

「あうぅぅ……！」

亜里紗が顔を撥ねあげた。

気持ち良すぎた。やはり、バックからのほうがきつきつで、ごく自然に腰が動いてしまう。

こうやって床に立ってするほうが、全身を使えて楽だ。その上、打ち込みの振幅も大きくて、屹立がぐさっ、ぐさっと奥まで突き刺さっていくのがわかる。

「あんっ……あんっ……あんっ……」

亜里紗は甲高い声をスタッカートさせて、ピンクのシーツを鷲づかみにしている。

「気持ちいい？」

「はい……気持ちいい。これ、気持ちいいの……犯されてるみたいで、昂奮する」

亜里紗がまさかのことを言う。

「ふうん、きみは攻めるほうが好きなのかと思った」

「好きよ。でも、こっちのほうが感じるみたい。矛盾してるけど」

「いや、矛盾しないと思うよ。自分が好きなことと、感じることとは違うんだ。多分……」

孝太郎は細腰をつかみ寄せて、思い切り勃起を叩き込んだ。

豊かな尻に下腹部がぶち当たり、肉の心棒が窮屈な肉の道をこじ開けていき、

「ぁあああ、これいい……あんっ、あん、あんっ……ぁああ、すごい、すごい

「……ぁあああうぅぅ」

亜里紗がシーツをつかみながら、のけぞった。

下を向いたたわわな乳房が打ち込むたびに、ぶらん、ぶらんと揺れ、スーパーボディも前後に動く。

（ああ、俺は今、亜里紗を感じさせている！）

ちょっと前までは想像さえできなかったことだ。これも、妙子のパンティのお蔭だ。

（そうだ……今、妙子はどうしているのだろう？）

別れてしばらくして、妙子は幸せな結婚生活を送っていると、聞いた。その後のことは聞こえてこないが、今はどうしているのだろう？　どこに住んでいるのかさえもわからない。

逢いたいという気持ちはある。だが、妙子は六十八歳になるはずで、年老いた妙子を見て、失望したら、過去の思い出さえも汚れてしまうのではないか？

そんな気持ちもあって、敢えて妙子をさがさないでおいたのだが……。

「ぁああ、ねえ、もっと……もっと、突いて」

亜里紗の声が、孝太郎の夢想を打ち破った。

「よし、行くぞ！」

孝太郎は尻たぶをぎゅっとつかんだ。脂肪の詰まった肉に指先を食い込ませると、

「ぁああ、許して！」

亜里紗が訴えてくる。亜里紗はさっき犯されているようで、感じると言っていた。

「許さないぞ」

意識的に尻を強くつかんで、左右に開く。

と、尻たぶの谷間もひろがって、薄茶色のアヌスが菊状の姿を現し、その下側に、蜜まみれの肉柱が膣口に嵌まり込んでいる姿がはっきり見える。

抜き差しすると、血管が浮かんだ肉柱が根元まで姿を消し、また出てくる。

その行き来する肉の柱に、薄い陰唇がからみついていて、じゅぶじゅぶと白濁した蜜もあふれでる。

つづけざまに突くと、

「あん、あんっ、あんっ……ぁああ、いいっ……イキそう。孝ちゃん、イッちゃう！」

亜里紗が訴えてくる。

「犯されているみたいで、気持ちいいか？」

「はい……気持ちいい。もっと、もっと犯して……メチャクチャにして。お願い……」

「よし、出すぞ！」

孝太郎は、頭に帽子のようにかぶっていた妙子のパンティを深くかぶりなおした。

ゴムが顎の下まで来るように伸ばすと、基底部が鼻の上まで来て、フレグランスが強くなり、左右の開口部から目が出ているので、はっきりと亜里紗の様子を見ることができる。

すべすべした布地の感触が気持ちいい。スーハーと息をするたびに、クロッチに付着した悩ましい香りが鼻孔を刺激して、ぐんと性感が高まる。

イチモツもますます力が漲ってきて、それで狭い膣を擦りあげていると、得も言われぬ快感がうねりあがってきた。

「おおぅ、亜里紗ちゃん、出そうだ！」

「ぁあああ、ください……孝ちゃんの熱いミルクをちょうだい……いいのよ、出して……いっぱい出して……ぁああ、欲しい！」

亜里紗はせがむように自ら腰を前後させて、奥へと勃起を導く。

「おおぅ、うおおっ！」

吼えながら、さらに強く叩きつけると、イチモツがふくらんでくるのがわかる。

ジーンとした痺れに似た愉悦がふくれあがり、それが爆発を求めている。

奥歯を食いしばって、最後の力を振り絞った。

「あん、あん、あんっ……ぁあああ、来るわ、来る……イク、イク、イッちゃう……やぁあああああぁぁぁぁぁぁ！」

亜里紗がシーツを鷲づかみしながら、すべすべの背中を弓なりに反らせた。

「うおおっ……！」

孝太郎がフィニッシュに向けて叩き込んだとき、

「ぁあああ、くっ……くっ……！」

亜里紗がのけぞりながら、がくん、がくと腰を震わせる。膣が絶頂の痙攣をしながら、怒張を食いしめてくる。

ぐいっと最奥まで叩き込んだとき、孝太郎も放っていた。

ツーンとした射精感が背筋を這いあがり、脳天に突き抜けていく。

射精の歓喜で腰が勝手に震えている。

放ち終えたとき、孝太郎はもぬけの殻になったようで、亜里紗の背中にがっくりと覆いかぶさった。

第四章　別れた女

1

　その夜も、孝太郎はスナック『時代遅れ』のカウンターで、水割りをちびちび呑んでいた。

　店には、景子ママと亜里紗がいて、少ない客の相手をしている。

　ステージで亜里紗が常連客のひとりと『三年目の浮気』のデュエットをするその愉しそうな歌声を聞きながら、孝太郎は気分が沈むのを抑えられない。

　先日、亜里紗と夢のようなひとときを過ごした。

　だが、その代償は大きかった。

あのとき、パンティをかぶってセックスをしたために、長時間空気にさらされて、また自分の唾液を吸い込んでしまい、パンティの香りが一気に失せた。

もはや、風前の灯火と言ってよかった。

(このままでは、もう勃たなくなってしまう……！)

気持ちは焦っている。

できなくなる前に、ひとりでも多くの女性としたい。そう思って、女性に声をかけるのだが、なかなか上手くいかない。

たとえあれが勃起しようとも、その状況まで持っていくのが大変で、声をかけても振られてしまう。

景子もそんな孝太郎の状況はわかっているはずだが、今夜はなぜかにこにこしている。それに、さっきからしきりに時間を気にしている。

「ママ、誰か来るの？」

声をかけた。

「さあ、どうかしら？」

景子が受け流す。

今日は着物ではなく、濃紺のシックなワンピースに痩身を包んでいて、いつもとは感じが違う。

しばらく呑んでいると、チリリンとドアベルが鳴った。

入口でたたずんでいる美しい女を見て、孝太郎は飛びあがりそうになった。

セミロングのふわりとした髪に清楚な顔立ちで、ワンピース姿がかわいらしい。

中肉中背だが、色白でととのった顔はやさしげで、アーモンド形の大きな目が
ちょっと不安そうに伏目がちになっている。

「た、妙子さん……!」

孝太郎は席を立って、駆け寄っていく。

女は大恋愛の末に別れた、あの湯本妙子だった。

近づいていくと、女が申し訳なさそうに言った。

「わたし、そんなに母に似ていますか?」

「えっ……?」

抱きしめようとして伸ばした手を引っ込めた。

「すみません。湯本妙子の娘で、奈々子《ななこ》と言います」

女が申し訳なさそうに言って、ぺこりと頭をさげた。

「ああ、娘さん……そうだよね。妙子さんのはずがない」

考えたら、妙子は現在六十八歳のはずで、目の前の女は二十代後半と言ったところだ。現実にはあり得ないはずなのに、あまりにも奈々子が妙子に似ていたので、一瞬、幻想の世界に誘われてしまったのだ。

「母は生きていたら、六十八歳ですから」

奈々子が妙なことを言った。

「はっ……生きていたら？」

いやな予感がひろがった。

「……母は……昨年、癌で他界いたしました」

「……亡くなられたの？」

奈々子がしんみりとした顔でうなずいた。

頭をガーンと大きなハンマーで殴られたようで、孝太郎はその場に崩れ落ちそうになった。

ふらついたところを、奈々子が支えてくれた。

「大丈夫ですか？」

「ああ……」

胸に大きな穴が空いたような喪失感から、すぐには立ち直れなかった。

「孝ちゃん、奈々子さんに席に座ってもらったら？」

景子がカウンターから出て、二人をボックスシートに案内する。

向かい合ってソファに腰をおろした。

正面にいる奈々子は、若い頃の妙子にうりふたつだった。抜けるように色白でやさしげで、ちょっと頼りなげで、男の気持ちをかきたててくる。

清楚なワンピースの胸元を押しあげるふくらみは大きく、のぞいた乳房の上端は抜けるように色白で、たわわに張りつめている。

よく見ると、奈々子のほうが目はぱっちりして、顔立ちもくっきりしている。それに、胸も尻も立派でグラマーで、日本女性の肉体的な進化の過程を現しているように思えた。

しかし……。

心に浮かんでいた当然の疑問を、ぶつけてみた。

「奈々子さんはどうしてここがわかったの？　ここに、俺がいるって？」

すると、奈々子がカウンターのなかにいる景子を見て、言った。

「景子さんから連絡をいただきました」

「……！」

孝太郎もびっくりして景子を見た。

「調べてもらったのよ。懇意にしている興信所があって、そこで、湯本妙子さんをさがしてもらったの。わかっていることが多かったから、すぐだったわ。でも、電話をしたら、奈々子さんが出て……妙子さんはもう亡くなったと……そのままにしておこうかとも考えたんだけど、奈々子さんが孝ちゃんに逢ってみたいと言うから、ご招待したの。いけなかった？」

孝太郎は首を左右に振る。すると、景子が、

「よかったわ。少しでも、孝ちゃんのお役に立てて……うちの大切な常連さんですもの」

「ありがとう……恩に着るよ」

「いいの……孝ちゃんは奈々子さんから聞きたいことはいっぱいあるでしょうし、奈々子さんも一緒だと思うのね。今夜はどうぞ、ごゆっくり……」

ママがやさしく微笑んだ。

奈々子もお酒はいける口だと言うので、水割りを作りながら、訊きたいことを訊いた。

妙子は孝太郎と別れてからしばらくして結婚し、名古屋で家庭に入って、一男

一女の母となった。

長女の奈々子は現在二十九歳で、東京にある商社で事務職についており、いまだ独身だと言う。

「母はそれなりに幸せな人生を送ったと思います」

奈々子がしんみりと言ったので、孝太郎はほっとした。

「でも……」

「何？」

「母はずっと高杉さんのことを思っていたようで……大きくなってから、母に高杉さんのことをいろいろと聞かされました。これは、パパには内緒よって……高杉さん、新幹線の運転士をなさっていて、すごく格好よかったって。二人の映った写真、ずっと持っていたんですよ。なので、さっき高杉さんのこと、すぐにわかりました」

奈々子がはにかむように言った。

「俺なんか、歳とって、昔の面影はないでしょ？　もう、七十ですから」

「そうでもありませんよ。あの写真の面影、すごく残っています。今も格好いいですよ」

たとえそれがお世辞だとしても、うれしかった。

そして、相手を伏目がちに見つめるその仕種が妙子にそっくりで、孝太郎は甘酸っぱい気持ちが胸に込みあげてくるのを抑えられない。

孝太郎は自分が二年前に妻を亡くし、子供たちも自立して、今はここの近くの家にひとりで暮らしていることを告げた。

もちろん、妙子の形見となった下着を持っていて、その香りを嗅ぐと勃起するという事実は打ち明けられなかった。絶対に話してはいけないことだった。

奈々子がトイレに立つと、亜里紗が氷を取り替えながら、

「孝ちゃん、奈々子さんに惚れたでしょ？」

ドレスの胸元からたわわな胸をのぞかせて、顔を覗き込んでくる。

「違うよ……バカなことを言うなよ。奈々子さんは、俺の愛した妙子の娘だぞ。娘に手を出すなんて……」

「そうかしら？　もう妙子さんはこの世にいないんだから、関係ないんじゃない？　それに、ひょっとして、奈々子さんの下着を嗅げば、あれが大きくなるかもよ。だって、ほぼ同じＤＮＡを持っているんだから、下着だって同じ匂いがするって、充分に考えられると思うわよ」

亜里紗が隣に座って、どれどれとばかりに、ズボンの股間を触ってきた。

「ほら……！　大きくなってるじゃないの！」

「えっ……？」

びっくりしてそこを見ると、確かに頭を擡げている。

「もしかして、孝ちゃんのここ、奈々子さんの下着、いや、あそこの匂いを敏感に察知して、大きくなってるんじゃない？」

亜里紗が色っぽく笑って、ますます強く股間を触ってくる。

「誘ってみたら？　今日、誘うのは不謹慎に思われるから、もう少し後がいいかも……でも、少なくとも、連絡先はゲットしておくべきよ。奈々子さんも満更でもなさそうだし……お母さんの元恋人って、娘としては興味津々なんじゃないかな……そうよね、ママ？」

話題を振られて、

「ふふっ、そうね……亜里紗の言うとおりだと思う。あんなきれいなのに、独身だなんて、きっといろいろとあったんだと思うのよね。今がチャンスかもしれないわよ」

景子が含み笑いをする。

二人の助言は、孝太郎が密かに心に描いていたことを後押しした。

「頑張れ！」

亜里紗がぽんと肩を叩いて、去っていく。

しばらくして、奈々子がトイレから戻ってきた。化粧直しをしていたのか、酔いで赤くなっていた顔がきりっとした表情に戻っていた。

奈々子が座っている孝太郎のすぐ横を通ったとき、つまり、その下腹部がいちばん近くなったとき、イチモツが反応して、びくっとした。

香りというものは、通りすぎてからやってくるものらしい。

仄かに匂うのは、あの妙子のパンティが放つ香りそのものだった。香水と汗、分泌物のブレンドされたくらくらするような芳香——。

やはり、亜里紗の言うとおりだ。奈々子は母である妙子と同じ体臭を持っているのだ。しかも、おそらく同じ香水を使っている。ということは、奈々子の下着があれば、俺はずっと元気でいられるんじゃないか？

俄然、孝太郎はやる気になった。

その前から、奈々子に一目惚れしているから、相乗効果となって熱い思いが押し寄せてくる。

「あの……時間も時間ですので、そろそろ……」

奈々子がおずおずと言った。

「今夜はもう遅いから、お帰りになったほうがいいでしょう。もっと奈々子さんと話をしたい。その、つまり……お母さんのことも聞きたいし……だから、連絡先を教えていただけないでしょうか?」

思い切って、言った。

「よろしいですよ。わたしも高杉さんのお話、もっとお聞きしたいです」

そう言って、奈々子がスマホを取り出した。二人はケータイメールと電話の番号を交換する。

奈々子がここの勘定を払おうとするので、それを止め、駅まで送っていった。

わずかな時間だが、孝太郎はまるで妙子と歩いているような至福を感じた。

2

店に戻ると、すでに亜里紗は帰っていて、景子だけが残っていた。

「お疲れさまでした」

カウンターのなかで、景子が微笑みかけてきた。

今夜は和服ではなく、胸元の大きく開いた、ノースリーブのドレスを着ているので、いつもと雰囲気が違う。肌の露出が多く、しかも、きめ細かい白絹のような肌はしっとりとし、店の明かりを反射して、仄白く浮かびあがっている。

かるくウエーブするセミロングの髪が肩に散り、時々、それをかきあげる仕種が一段と悩ましく、三十九歳の熟女の色香が匂いたつ。

「……ありがとう。ママのお蔭だよ。まさか、妙子の娘と逢えるとは思わなかった」

孝太郎はスツールに腰かける。

「いいのよ。孝ちゃんはうちのお得意様だから、このくらいはして当然……でも、妙子さんは残念だったわね」

景子が水割りを呷る。

「ああ……でも、物は考えようで、歳をとった妙子を見なくてすんだんだから、逆によかったかもしれない」

「あらっ、そんな冷たいことを言っていいの？　その彼女の残していった下着のお蔭で、孝ちゃんはいい目にあっているんでしょ？」

「確かに……ゴメン。今のは聞かなかったことにしてくれ。妙子、ゴメン」

今はもうこの世にはいない妙子に、謝罪をした。

「隣に行っていい？」

「もちろん……」

景子はいったん外に出て、看板を取り込み、札をクローズにして店に戻り、孝太郎の隣に座った。

高いスツールに腰かけて、足を組んだので、ミニ丈のフィットタイプのワンピースから、むっちりとした足がのぞく。

「奈々子さんに一目惚れしたでしょ？　愛した女にそっくりなんだから、無理もないけど」

「……ああ、惚れたかもしれない」

「でも、惚れちゃいけない相手だよね。愛した女の娘なんだから……」

「……」

孝太郎は何も言えない。

「歳だって、二十九と七十なんだし……」

「わかってるよ。だけど……」

「やっぱり、好きなものは好きって、なりそう？」

「ああ……」

「そうか……その夢に少しでも近づくといいわね。応援してるわ」

景子が孝太郎の太腿に手を置いた。

「ほんとうにそう思ってる？」

「もちろん……そうなったら、孝ちゃんのここはずっと元気のままでしょ？」

「確かに……さっきも、奈々子さんからいい匂いがして、あれが反応したんだ」

「でしょ？　わたしは孝ちゃんがずっと元気なほうがいいの」

「どうして？」

「どうしてって……孝ちゃんと時々、こういうことをしたいからよ」

景子が孝太郎の手をスカートの奥に導いた。

組んでいた足を解いて、ひろげた足の間へと、手を押し込む。

太腿の奥にパンティストッキングに包まれた下腹部が息づいていて、孝太郎が指先を下に向けて押し当てると、景子はぎゅうと太腿を締めつけてくる。

そうしながら、腰をよじって、柔肉を擦りつける。

パンティストッキングの感触とともに、ぐにぐにと柔らかく沈み込む箇所が感じられ、孝太郎は昂奮を押し隠して、言う。

「ママ……まずいよ。こんなことされたら、したくなってしまう」

「いいじゃない、それで」

「だって、ママはこの前言ってただろ？　お客さんとは一回しかしないって……

それに、若いツバメくんに殴られるのは、いやだからね」

ほんとうは抱きたい。だが、その前に事情を確かめておきたい。

「ツバメくんは、鞍替えしたみたいよ。わたしを捨てて、若い女の元に走ったのよ」

「ほんとうに？」

「そうよ。わたしも彼を自由にさせたいの。逃げた男を追いかけるような野暮なことはしたくないから……彼はツバメのように巣立っていったわ」

そう言って、景子は隣の孝太郎を抱き寄せ、唇を押しつけてきた。

孝太郎としては、奈々子に出逢ってしまったから、これまでとは意識が違う。

だが、濃厚なディープキスで舌をまさぐられ、同時にズボンの股間をやわやわと揉まれると、それがわずかに反応して、奈々子に対する思いが揺らいだ。

景子がキスをやめて、

「わたしのこと、ずっと狙ってたんでしょ?」

身体を寄せてきた。

「もちろん……お酒を呑むのも好きだけど、やっぱり、ママの顔を見ながら呑まないと、美味しくないよ」

「だったら、いいじゃない? それとも、一回したから、もういい? もう飽きた?」

景子が悩ましい目で、孝太郎を見た。

「それはないよ」

「じゃあ、奈々子さんが現れて、わたしのことなんか興味なくなった?」

「それは……ないよ。彼女は摘んではいけない花だし……」

「じゃあ、何? なんか、やる気が感じられないんだけど……」

「じつは、あのパンティの香りが薄れていて、魔法が効かなくなっているんだ。正直、勃つ自信がないよ」

「そんなことで? それなら、大丈夫よ。わたしが勃たせてあげる」

自信あり気に言って、景子は水割りの氷を口に含み、キスをしながら、小さな氷を二人の口の真ん中で保ち、ズボンの股間をいじってくる。

途端に欲望が漲ってきた。冷たい氷が唇に触れていて、気持ちいい。

氷が口腔に押し込まれて、孝太郎はそれをおずおずと口に止めて転がす。

さっきより溶けて、小さくなっている。そのアイスを舐めていると、景子の舌がすべり込んできた。

よく動く舌が氷を操るようにして、口腔を舐める。

そうしながら、景子はズボンのベルトをゆるめ、ブリーフの内側へ手を押し込んできた。ひんやりした手で肉茎をつかまれて、なぞりあげられる。

冷たい指が徐々に馴染んできて、わずかにエレクトしてきた肉茎をつかんで、擦りあげられると、それがぐんと頭を擡げてきた。

「……やったよ。勃ってきた！」

孝太郎はうれしくなって、唇を離して言う。

「そうでしょ？」

してやったりという顔で景子がスツールを降り、孝太郎のズボンとブリーフを引きおろす。膝にからまっていたズボンを思い切り引いて、足先から抜き取っていく。

妙な感じだった。

孝太郎はいつものようにスツールに腰かけている。だが、下半身はいつもと違ってすっぽんぽんで、スースーしている。

景子が右手を伸ばして、半分勃起しているものを握って、様子を見るようにゆったりとしごく。それが力強さを増すと、顔を寄せてきた。

スツールの前の床に両膝を突き、肉棹を腹につけさせて、裏側をツーッ、ツーッと舐めあげてくる。

「くっ……おっ……あっ……」

ひどく気持ちがいい。

分身もどんどん硬くなる。これまでとは明らかに違う。

(そうか……さっき、妙子にそっくりの奈々子さんと逢って、ここも当時の記憶を思い出したんだな)

別れたばかりの奈々子の顔がごく自然に脳裏に浮かぶ。

(そうだ。ママには申し訳ないけど、奈々子ちゃんとしていると思えば……)

目を閉じて、奈々子の顔を思い浮かべた。さっき逢ったばかりだから、はっきりと思い浮かべることができる。

その間も、温かくて、ぬるっした肉片が包皮小帯をちろちろと刺激してくる。

同時にしなやかな指で肉茎を握って、しごかれる。

奈々子の清楚でやさしげな顔を思い出していると、まるで、彼女にしゃぶられているような錯覚を覚える。

「すごい……カチンカチンになってきたわ」

景子が嬉々として言い、黒髪をかきあげて、ちらりと見あげてきた。

それから、姿勢を低くして、睾丸袋を舐めてくる。皺くちゃの陰嚢に丹念に舌を走らせ、片方を頬張る。

ハッとして見ると、一方の睾丸が景子の口に吸い込まれていた。景子の口は大きなほうではない。むしろ、おちょぼ口である。

その小さな口のなかに睾丸が丸々ひとつ、頬張られている。

それればかりか、景子はジュルル、ジュルルっと啜りあげてくる。頬を凹ませて睾丸を吸い込みながら、これはどう、とばかりに孝太郎を見あげてくる。

自分で自分のしていることを笑っているような目が、とても愛らしい。

ウエーブヘアをかきあげて、景子はちゅるっとそれを吐き出し、もう片方を口におさめた。舌で睾丸を転がしてくる。

そうしながら、肉棹をゆったりと握りしごく。景子の手は小さいので、自分の男性器が大きく見え、それが優越感に繋がる。

今日は赤いマニキュアをしていた。

親指の爪から徐々にその赤い面積が小さくなっていく五本の指が揃えられて、いきりたちを握りしめている。

と、景子がいっぱいに口を開けた。何をしているのかと見ていると、左右の睾丸を同時に頬張ろうとしているのだ。

「ママ、無理だよ」

そう言った直後、景子は強引に左右の睾丸を口におさめた。

そして、頬張ったまま、どう？　と自慢げに見あげてくる。

その目が笑っていて、口がいっぱいに開いていて、そうやって男に尽くすママに惚れなおした。

景子は必死に両方のタマをおさめ、下になっている舌で睾丸を舐めてくる。

いきなり吐き出して、ぐふっ、ぐふっと噎せた。

咳がやむと、睾丸から裏筋を舐めあげ、そのまま上から本体を頬張ってきた。

亀頭冠を中心に唇をすべらせながら、根元を握りしごいてくる。

小さな手指をからませ、巧妙なタッチでしごきあげながら、それと同じリズムで唇を往復させる。

孝太郎は店のスツールに腰かけている。そして、この店のママである景子が床に両膝立ちになって、客のイチモツにご奉仕をしてくれている。

濃紺のドレスの胸元から真っ白な乳房がのぞき、ノースリーブから突きだした腕はほっそりしているが、二の腕は幾分肉がつき、それがわずかに揺れる。

「ああ、気持ちいいよ……ママにこんなことしてもらえるなんて、夢のようだよ」

気持ちを伝えると、景子はいったん吐き出して、

「この前、したじゃない？　もう忘れちゃった？」

そう言って見あげる景子の瞳は、すでに潤んでいて、目の縁がボーッと上気している。

「忘れるわけがない。いまだに夢のように気持ちいいってことだよ」

「ふふっ……さすがに年の功よね。孝ちゃん、女をその気にさせるのが上手よ」

「いや、相手がママだからだよ」

言うと、景子がまた顔を伏せて、いきりたちをぎゅっ、ぎゅっと手指でしごきながら、亀頭部を舐めてくる。

指で押して、尿道口をひろげ、伸びあがるように上から唾液を落とした。泡立った唾液を、ひろがった鈴口に塗り込んでくる。

「おっ、おっ……ぁああ！」

よく動く、先の尖った舌が、尿道口の内側へと入り込んできた。そこをちろちろされると、途轍もない快感がうねりあがってきた。

「くっ……ダメだ。気持ち良すぎる……！」

景子がここぞとばかりに尿道口を舐めながら、根元を握りしごく。

「あっ……ああ、ダメだって……」

思わず訴えると、景子が立ちあがった。

3

店の奥にある半円形ソファに孝太郎は仰向けに寝ていた。

その顔面に、景子がまたがってきた。

一瞬、見えた下腹部は黒いパンティストッキングに包まれていて、そこから赤いハイレグパンティが透けでている。

「孝ちゃん、下着フェチなんでしょ？」

「どうかな？」

確かに、妙子のパンティには強い反応を示すが、下着全般に発情するわけではない。

「魔法のパンティの効力が失せて、奈々子さんとも上手くいかないことだってあると思うのよね？　そのときは、わたしの下着ですればいい……朝から穿いているから、たっぷりとフェロモンを含んでいると思う……試す価値はあるでしょ？」

景子はにこっとして、孝太郎の顔面をまたぎ、ワンピースドレスの裾をはしょるようにして、しゃがみ込んできた。

（いや、じつはすでに亜里紗ちゃん相手に試したんだけど、ダメだったんだ）

そう言いたかったが、口には出せない。亜里紗とのことは、ママには絶対に教えてはダメだ。

その間にも、黒い透過性の強いパンティストッキングから透けでる赤いパンティがせまってきた。

景子は蹲踞の姿勢で顔面をまたぎ、基底部を押しつけてくる。

孝太郎は女の秘部が放つフェロモン臭を思い切り、吸い込んだ。濃厚だった。甘酸っぱいなかに、いつも景子がつけているスパイシーな香水の芳香が溶け込んでいて、絶妙なハーモニーを奏でている。

とてもいい香りだ。男を魅了する香りだ。

だが、孝太郎の体が、これは違うと拒否しようとしている。

景子はちらりと後ろを振り返り、イチモツが元気のないのを見て、もっと匂いを嗅ぎなさいとばかりに、恥肉をぐいぐい擦りつけてくる。

それでも今ひとつ反応が悪いのを見て、まさかの提案をしてきた。

「孝ちゃん、頼みがあるの？」

「何？」

「パンストを破って」

「えっ……？」

「パンストを破ってほしいの。わかるでしょ？」

おそらく、パンティストッキングを破れば、いっそう匂いが強く、じかに嗅ぐこともできると考えたのだろう。それに、男のＳ心を刺激する。

「……いいの？」

「いいから、言ってるの」

孝太郎としてもやぶさかではない。これまでしたことはないが、してみたいという願望はあった。

「行くぞ」

パンティストッキングのセンターを走るシームの近くを持って、強く引っ張った。しかし、伸びるだけで切れない。

しょうがないので、そこに歯を当てて、切れ目をつけた。

小さな切れ目に指を突っ込んで、渾身の力を込めると、それが乾いた音を立てて破れる。さらに引っ張ると、黒いパンティストッキングが大きな楕円形の開口部を作り、真紅のパンティと太腿の付け根がさらされる。

しかも、ハイレグパンティは秘部を包み込んでいるあたりが、シミになっていて、その涙形の黒シミがいかに景子が昂っているかを伝えてくる。

「ああ、恥ずかしいわ……」

景子が股を閉じようとする。

両膝をつかんでぐいと開き、パンティの基底部に貪りついた。

いっそう濃くなった性臭を思い切り肺に吸い込み、舐めた。クロッチに舌を走

らせると、

「あっ……あっ……ぁあああ、恥ずかしい……やめて……やめて……ぁああ、ぁあああうぅぅ」

景子はやめてと言いながらも、その豊かな腰は卑猥に揺れて、基底部が擦りつけられる。

たまらなくなって、孝太郎はクロッチをぐいと横にずらした。

ふっくらした大陰唇に、ずれた布切れが食い込み、あらわになった花肉は幾重もの肉襞を形成して、赤裸々にぬめ光っている。

(すごい濡らしようだ！)

孝太郎は狭間を舐める。ぬるぬるっと舌がすべって、

「あっ……あっ……ぁああうぅ、いい……孝ちゃんの舌、気持ちいいの……ぁあああ、あああああ、いやあ、恥ずかしい！」

そう言いながらも、景子は大きく腰を前後に打ち振って、濡れ溝を擦りつけてくる。

孝太郎はそのぐちゃぐちゃになった陰部と濃厚な味覚に酔いしれた。

「もう、もうダメ……欲しいわ」

景子が腰を浮かせて、下半身に移動した。

（入れたい……！）

孝太郎も強烈に挿入したかった。だが――。

下腹部のイチモツは一応棒状にはなっているものの、今ひとつ勢いがない。

景子はもう待てないとでも言うように、肉茎をつかみ、パンティを横にずらして、受け入れようとする。

だが、上手く入っていかない。

強引に挿入しようとしても、景子の膣口は狭く、ちゅるっと弾かれてしまう。

「ゴメン……あれを使っていいか？」

「……しょうがないな。いいわ。もう我慢できない」

景子がしぶしぶ認めてくれた。

孝太郎はポロシャツのポケットから、妙子のパンティを取り出す。ジップロックを外して、匂いを嗅いだ。だが、臭気が薄くなっていてどうもピンと来ない。

こうなると、あの方法しかなかった。

「パンティをかぶっていいか？」

「えっ……かぶるの？」

「ああ、そうしないと、もう効かないみたいなんだ」

「……いいわよ。しょうがないもの」

孝太郎は自分の惨めな姿を思いながらも、ピンクのパンティをかぶる。

伸縮性の高い布地をぐいと押しさげて、ゴムの部分を顎の下まで持っていく。目の位置を調節して、視野を確保した。

思い切り吸うと、薄れてはいるが妙子特有の馥郁たるフェロモン臭が鼻孔を刺激して、たちまち下腹部がギンとしてきた。

「何か笑っちゃうわね……でも、ここが硬くなってきた。すごいわね、あらためてそう思うわ。悔しいけど、認めるしかないわね……欲しいわ、これが。いい？」

「ああ……できれば、このままかぶっていたいんだけど」

「いいわよ。あまり見ないようにするから、大丈夫よ」

そう言って、景子が腰を沈めてきた。

はしょった裾から、黒いストッキングに包まれた下半身と、破れてのぞくむちむちとした肌、股間を覆う真紅のパンティが見える。

赤い基底部をずらしながら、景子はイチモツを受け入れて、腰を落とし切り、

「ぁあああ……硬いわ。カチカチよ……ぁああ、ぁあああ、気持ちいい……」

上体をほぼ垂直に立てて、腰から下をゆっくりと前後に振る。

「おおぅ……すごいよ。ママのオマ×コ、うごめいてるよ。なかへなかへと吸い込んでいく。ママのオマ×コには吸盤がついているのかい？」

「ふふっ、そうかもね。だけど、パンティかぶったその顔で言われると、笑ってしまうわ」

笑いながら、景子はドレスの袖口から手を抜いて、ドレスを押しさげ、もろ肌脱ぎの状態になる。

ブラジャーはつけておらずに、量感あふれる、いかにも柔らかそうなお椀形の乳房がこぼれでる。

「オッパイを揉んでいいか？」

「いいわよ」

景子が前傾してきた。

近くになった双乳を両手で揉みしだく。

さすが、熟女の乳房である。

大きくて柔らかくて、揉んでも揉んでも底が感じられない。分厚い脂肪がくにゅくにゅと指にからみつき、乳肌が沈み込みながら、形を変える。

ピンクとセピア色を混ぜたような色の乳首を指に挟んで、くりっくりっと転がすと、

「あっ……あっ……あんん……あああ、ぁあああ、腰が動いちゃう！」

景子は胸を差し出しながら、後ろに引いた腰をくいっ、くいっと前後に鋭く振って、肉棹を膣に擦りつけようとする。

そのあさましいほどの腰づかいがあまりにもいやらしかった。

「乳首を舐めさせてほしい」

言うと、景子が前に身体を倒してきた。

せまってきた大きなふくらみを揉みながら、パンティをよけながら頂上の突起に吸いついた。青い血管が幾重にも走る薄い乳肌を揉みしだき、明らかにしこってきた乳首を舐め転がし、吸う。

このとき、結合は浅く、切っ先がかろうじて膣口をとらえている。

「ぁああ、ああ……いいの、いい……孝ちゃん、やっぱり上手よ。愛撫の仕方がいやらしく、ねっとりしてる」

「歳をとったからだよ、きっと……若い頃はもっと性急だった」

孝太郎は乳房をつかみながら、乳首を断続的に吸う。

「ああん、それ……あん、あんっ……くうぅ……ぁあああ、気持ちいい！」

心から感じている声をあげて、景子は腰を後ろに突きだす。すると、切っ先が深いところに届き、孝太郎も快感が上昇する。

左右の乳首を吸って吐き出し、鷲づかみにして揉みしだきながら、自分から腰をつかった。

いきりたちが、斜め上方に向かってぐさっ、ぐさっと突き刺さっていき、

「あんっ、あんっ、ああああん……もう、ダメッ……」

景子がぎゅっとしがみついてきた。

背中を抱き寄せて、力強く腰を叩きつけていると、景子がキスをせがんできた。

そして、景子はいさいかまわず、パンティ越しに唇を寄せて、キスをしてきた。

(ううん、これはマズいんじゃないか！)

こんなことをされたら、景子の唾液で妙子の体臭が消されてしまう。

「よしなさい……ダメだって……匂いが……ああ、くうぅぅ」

孝太郎は必死に、景子の顔を突き放そうとした。しかし、景子はキスばかりでなく、ぬるっ、ぬるっと顔面を舐めてくる。

「よ、よせ！　匂いが消える」

「……退路を絶つことも必要だと思うのよね。どうせ時間が経てば匂わなくなるんだから、これは諦めて、奈々子ちゃんにチャレンジしなさいよ」

そう言って、景子はいっそう激しく舐めてくる。

顔の前面を縦に走るクロッチが、唾液を吸い込んで、べとべとになり、それにつれて妙子の体臭も消えていく。

（ああ、ダメだ！）

すぐに勃たなくなるのではないかと危惧したが、かろうじて残っている匂いが下腹部を勃起させている。

4

（くそっ、くそっ、くそっ……！）

景子のせいで、きっとこのパンティは効力を失ってしまう。

景子ママに対する憤りが込みあげてきて、それが下腹部にも伝播し、ますますいきりたった。

「よしなさい！」

景子を撥ね除けて結合を外し、目の前のテーブルに両手を突かせる。腰をつかみ寄せて、ぐいと後ろに引き、ワンピースをまくりあげる。

「そのままだぞ。動いてはダメだからな」

そう命じて、孝太郎はカウンターに入り、調理用のハサミを持った。ふと思いついて、冷蔵庫から水割り用のサイコロアイスを取り出す。

口を覆っているパンティをずらして、氷をいったん口に含んだ。

冷たいアイスを頬張ったまま、景子のもとに向かう。

調理用ハサミで、真紅のパンティの基底部をジョキッと切る。

はらりと布地が垂れさがって、そぼ濡れた花芯が姿を現した。大きく引き裂かれた黒いパンティストッキングから、楕円の形に肌が露出しているから、いっそういやらしい。

「ああ、見ないで……」

景子が内股になって、膝を折った。

孝太郎はその後ろにしゃがみ、かぶっているパンティをずらして、口からアイスを取り出す。それは口の温かみで、角が取れている。

陰唇をひろげ、膣口の位置を確認し、丸くなったアイスを押し当てて、慎重に押し込んでいく。それがちゅるっと膣に姿を消していき、

「ぁあん……冷たい！」

「アイスだよ。氷をオマ×マンに入れた。舐めて角を取ってあるから、大丈夫だよ」

「ああ……あそこが凍傷になっちゃう。いや、いや、取ってぇ！」

まだ冷たいらしく、景子がさかんに尻を振る。

真後ろにしゃがんだ孝太郎はパンティを額まで引きあげて、尻の底に舌を這わせた。左右の尻たぶをつかんで押し広げながら、あらわになった恥肉をぬるっ、ぬるっと舐めあげると、

「ぁあ、いやぁ……！」

景子がイキんだのだろう、サーモンピンクの膣口がぐっとひろがって、丸くなったサイコロアイスがぬっと姿を見せた。

「すごい、膣の力だ」

粘液がまとわりつくアイスに舌を這わせた。すると、狭間も舐めることになって、

「ぁああ、ぁあああああ……気持ちいい……孝ちゃん、それ、気持ちいい……ぁああ、溶けてく」

景子がくなっと腰をよじった。

押し出されようとしている氷は舐めるたびに、溶けていく。溶けて、水となってしたたり落ち、それを舌ですくいあげながら狭間を丹念に舐めた。下方にある肉芽が包皮を突き破って、痛ましいほどにせりだしている。

そこをちろちろっと舌を横揺れさせて愛撫すると、

「ぁああ、いい……いいの……痺れる。痺れる……ぁああ、ちょうだい。孝ちゃんの硬いものが欲しい！」

景子が腰を前後に振って、せがんできた。

孝太郎は立ちあがって、今一度、パンティを深くかぶり、かろうじて残っている臭気を吸い込んだ。

垂れてくるドレスの裾をたくしあげた。

景子はテーブルにつかまりながら、早くして、とばかりに腰を突きだしてくる。

真っ白でむちむちした尻をつかみ、いきりたちを押し込んでいく。

アイスのためか、そこは少しひんやりしていた。いさいかまわず突き進むと、

屹立が深いところにすべり込んでいき、

「あうぅぅ……！」

景子がのけぞって、テーブルの縁をぎゅっとつかんだ。

「ぁああ、気持ちいいよ……ママのここはいつも具合がいい。ひたひたとからみついてくる」

膣肉がうごめいて、切っ先を奥へ奥へと吸い込もうとする。

孝太郎は吸引に逆らうように腰を引き、浅瀬から深部へとズンッと打ち込んだ。

「うはっ……！」

景子が髪を振り乱して、背中をしならせる。

うねりあがる快感を奥歯を食いしばってこらえ、意識的にスローなピッチで抜き差しをする。

膣のうごめきがいっそう感じられて、かえって気持ちいい。

「ああ、ねえ……もっと、もっと奥に……」

焦れたように、景子が腰を突きだしてきた。テーブルにつかまったまま、全身を前後させ、豊かな尻をぶつけて、

「ああ、恥ずかしい……あんっ……あんっ……」

羞恥をのぞかせながらも、ますます強く腰を叩きつけてくる。乾いた音が撥ねて、

「くっ……おっ……！」

孝太郎は奥歯を食いしばって、快感をこらえた。

景子が腰を突きだしてきたときに、ぐいっと腰を入れる。切っ先と膣奥が衝突して、

「あはっ……！」

景子ががくがくと震えながら、腰を落としかける。

その腰を支えて引き寄せながら、つづけざまにストレートを叩き込んだ。

切っ先が子宮口をいやというほど叩き、下腹部と尻がぶつかって、

「あんっ……あんっ……あんっ……ぁあああ、許して……あそこが潰れる。潰れちゃう……許して……許して」

景子ががくがくしながら訴えてくるので、孝太郎は腰の動きを意識的に止めた。

すると、景子が焦れたように、

「ああ、やめないで……つづけてよ。景子を思い切り、突いて。メチャクチャにして。お願い……」

まさかの言葉を口にする。

(そうか……景子ママはやはりマゾなんだな。いつも、女王様的な言動で客を翻弄しているけど、ほんとうはマゾで、それを隠していたんだな)

もしかしてとは思っていたが、それが確信に変わった。

孝太郎は後ろから繋がったまま、移動していく。

「ああ、ちょっと……」

景子は後ろから挿入されながら、よろよろと足を運ぶ。両手を空中にさまよわせて、押されるままに進んでいく。

カウンターの前のスツールをつかんで、歩みを止めた。

さっきより上体は立っている。もっと深く打ち込みたくなって、尻を引き寄せると、景子はスツールの座面に手をかけながらも、低い姿勢になった。

むっちりと肉の詰まった尻を撫でまわした。さらに、乳房を揉みしだくと、景子はやや上体を反らせて、

「ぁああ……乳首を……乳首を……」

尻をくねらせて、せがんでくる。

こうなったら、とことんママをイカせたい。『孝ちゃん、やっぱりすごいのね』

と言わせたい。

明らかに尖っている乳首を捏ねながら、腰を叩きつけた。

「ああ、それ……あん、あん、あん……」

小気味よく喘ぎながら、景子が前のほうを向いて、何かを見ていることに気づいた。それはお酒の瓶が並んでいる棚で、その空いている箇所にはミラーが張ってあって、そこに、景子と孝太郎の姿が映っているのだ。

（そうか、これか……！）

女性にとって、鏡は男性とはまったく意味が違う。女性は常にお化粧で鏡のなかの自分を見ている。景子は店のママで、いつも客に見られているから、その意識は強いはずだ。

おそらく、鏡のなかの自分を見て、セックスの際にどんな表情をしているのか、見ずにはいられないのだろう。

孝太郎も棚のミラーに視線を送る。パンティのマスクをかぶった自分の姿が目に飛び込んでくるが、もっとよく二人が映るようにと、景子の上体を立たせた。

あらわになっている乳房を揉みしだき、頂上を指で捏ねる。

鏡のなかで、二人の視線が合って、

「いやっ……」

景子が恥ずかしそうに目を伏せた。

「ママ、さっきから鏡を見てたでしょ？　いいんだよ、見て……そうら、ママのオッパイがこんなに潰れて、乳首がツンツンに勃ってる。こうすると……」

形よくふくらんだグレープフルーツみたいな乳房の頂上を、指に挟んで転がした。さらに、キューッと引っ張りあげておいて、左右にねじる。

「ぁああ、乳首があんなに……いや、いや……しないで……いや、いや……ぁああ、切ないの。もっとして。乳首を潰して」

景子は鏡のなかの自分を悲しそうに見ながら、くなり、くなりと腰を揺すってせがんでくる。

期待に応えて、乳首を指で圧迫し、押し潰しながら捏ねる。

「ぁああ、くっ……ああ、許して……ああぁ、もっと……」

矛盾したことを口走りながらも、景子は高まっていく。

孝太郎は背後から乳首を強く転がしながら、腰を叩きつけた。

すると、景子は木製のカウンターにつかまりながら、

「あんっ、あんっ、ああん……イキそう。イクわ」

さしせまった声を放った。

「まだ、だよ」

孝太郎はストップをかける。残念ながら、この体勢では孝太郎が射精できそうにもなかった。

ふらふらの景子を後ろから貫きながら、円形ソファまで歩き、景子を仰向けに寝かせた。いったん結合が外れた。

足をすくいあげる。

ドレスの裾がめくれあがり、黒いパンティストッキングの破れた開口部から、黒々とした翳りがのぞき、その下には女の渓谷がひろがっていた。

いきりたちを押し込んで、膝裏をつかみ、ゆっくりとしたストロークを繰り出す。

が、孝太郎は古希を過ぎている。早く動けば、ただでさえ少ないガソリンを消費してしまう。

あまり奥を突かないように、静かにピストンする。これなら、体力を消耗しない。

徐々にピッチをあげ、浅いストロークを繰り返す。すこすこっと膣を規則的に擦っていると、景子が訴えてきた。

「ああ、焦らさないで……お願い。もっと強くぅ！」

腰をもどかしそうに揺する。

「しょうがないな、ママ。俺は七十だからね。あまり動くと、腹上死しかねない」

「……そうだったわね。孝ちゃんがあんまり元気だから、年齢を忘れていたわ。いいわよ、ゆっくりで……」

景子が物分かりのいいところを見せて、下から見あげてくる。細められた目は潤みきって、どこかとろんとしている。

孝太郎は浅瀬をしばらく擦ってから、いきなり、深いところに打ち込んだ。ズンっと切っ先が奥を突いて、

「ぁあんっ……！」

景子が顎を突きあげた。

孝太郎はここぞとばかりにつづけざまに深いところに届かせる。

「あん、あん、あんっ……ぁあああ、すごい……響いてくる。お臍に届いてる……ぁああ、孝ちゃん、すごい……あん、あんっ、あんっ……」

景子が足指を反らせ、後ろ手にソファの肘掛けをつかんだ。あらわになった乳房がぶるん、ぶるるんと縦に揺れている。

孝太郎は目の前の足が気になって、それをつかんで、足先を舐めしゃぶった。黒いストッキングが補強用に二重になっている。親指を頬張りながら、腰を突きだしていく。

「ああ……しないで……ぁあああ、あん、あんっ、あんっ……気持ちいい……気持ちいいの」

羞恥で曲がっていた親指が伸びて、それをフェラチオするように舐めしゃぶった。

「ああ、もう、もうダメ……イキそう……お願い、イカせて」

景子が哀願してきた。

このとき、孝太郎も射精の前兆を感じていた。

これを逃したら、もう放つことはできないだろう。

魔法のパンティの匂いが消えかかっているのだ。これが人生で女体のなかに放つラストチャンスかもしれない。

足指を吐き出して、その足をつかみ、帆掛け舟の体位で腰を打ち据えていく。

「ぁああ、ああうぅぅ……」

景子は抱えられた足の指をのけぞらせながら、ソファの縁をつかみ、乳房を縦揺れさせて、顎をせりあげる。

「おおぅ……出そうだ。ママ、出そうだ」

「ああ、ちょうだい。孝ちゃんのミルクをちょうだい。いいのよ、出して……ぁああ、そうよ、そう……ぁあああ、イクわ……」

景子の切迫した様子が、孝太郎を駆り立てた。

最後の力を振り絞って、深いところに叩き込んだ。

奥のほうの扁桃腺みたいふくらんだ部分が、亀頭部にからみついてきて、そこを捏ねると、あの歓喜がふくれあがってきた。

「ああ、出そうだ！」

「ぁあああ、イクわ、イク……イク、イク、イッちゃう……！　やぁあああああああぁぁぁ、くっ！」

景子がのけぞり返るのを見て、もうひと突きしたとき、孝太郎もしぶかせていた。狭い管を押し広げながら、男液が放たれていく。

「ぁあああ……！」

その突き抜けるような快感に、孝太郎も声をあげる。

自然に尻が痙攣している。

精液が間欠泉のようにしぶき、それを受け止めながら、景子はがくん、がくんと躍りあがっている。

(おお、これが男の悦びなんだな)

孝太郎は人生最後かもしれない、中出しの歓喜に酔いしれた。

打ち終えると、神経の糸が切れたようになって、どっと景子に覆いかぶさっていった。

第五章　魔法のパンティ再び

1

その夜、孝太郎は例のパンティをかぶり、アダルトビデオを見ながら、懸命に肉茎をしごいていた。

分身はかろうじて硬くなるものの、それ以上はギンとせずに、お気に入りの女優があんあん喘いでいるのを見ながら必死にしごいても、精根尽き果てたように力を失ってしまう。

明らかにフレグランスが失せている。

景子がパンティを舐めたとき、これはマズいと感じた。

あの危惧は当たった。

酷使しすぎに、止めを刺したのだ。

孝太郎はビデオを消し、パンティを外した。

(ダメだ……!)

「ゴメンな……使いすぎたな。お前はもう充分に頑張ってくれた」

ピンクのパンティに語りかけ、ちゅっとキスをして、ジップロックにしまった。

こうなったら、頼みの綱は奈々子だけだ。

湯本妙子の娘であり、同じ匂いを有する奈々子のあそこの匂いを嗅げば、きっとまた復活する。

それをするには実際に逢って、事に及ぶか、あるいは、使用済のパンティを貰うしかない。

だが、下着をいただくためには、事情を打ち明ける必要がある。じつは、きみのお母さんの……などとは絶対に明かせない。そんなことをしたら、引かれるのは目に見えている。せっかく今いい関係なのに、それを壊してしまう。だとしたら、これはもうどうにかして、実際にその匂いを嗅ぐしかない。そのためには……。

孝太郎はスマホを出して、登録された奈々子の電話番号を画面に出す。これを押せば奈々子と話せる。上手くいけば誘うことができる。

だが、どうしても指が動かない。

(奈々子ちゃんは妙子の娘なんだぞ。いくら何でも、ダメだろう)

スマホを放り出して、孝太郎は自室のベッドに大の字になる。

時刻は午後八時、それほど親しくない独身女性に電話をかけるには、ぎりぎりの時刻だ。

(俺は彼女に一目惚れした。これは、セックスをしたいがためじゃない。俺は奈々子ちゃんに惚れているんだ……ええい、やるしかない!)

自分を奮い立たせ、ベッドに胡座《あぐら》をかき、スマホに登録してある彼女の番号をプッシュした。

しばらく呼び出し音がつづいて、

「はい、奈々子です」

奈々子の声が聞こえて、全身が悦びに満たされた。やはり、自分は奈々子が好きなんだと感じた。

「ああ、夜分に済まない……高杉です。今、大丈夫?」

「はい……大丈夫です。部屋でテレビを見ていました」

「そうか……あの、今度逢えないだろうか？　いつでもいいんだ。あなたに逢わせるから……お母さんのことをもう少し訊きたくて」

孝太郎は一気にまくしたてる。

（ついに誘ってしまった……断られたらどうしよう？）

内心ドキドキで、奈々子の返事を待つ時間が長く感じられる。

「……いいですよ、もちろん」

「いいの？」

「はい……」

「よかった！　時間と場所は奈々子さんに任せるよ」

「そうですか……では……」

明後日の土曜日の昼間に、二人で映画を見にいくことにして、電話を切った。

（やった、やったぞ！）

その夜、孝太郎は気持ちが昂って、なかなか寝つくことができなかった。

当日はデート日和で、快晴だった。

初夏のすがすがしい陽気のなかで、待ち合わせの映画館の前に立っていると、奈々子がやってきた。

白いノースリーブのニットを着て、裾の短めのスカートを穿き、上着をはおっている。かるくウエーブした髪が肩に散り、穏やかな笑みを浮かべて、近づいてくる。

（ああ、妙子のときもこうだった）

かつて、妙子と待ち合わせをしていたときのことを思い出して、熱いものが胸に込みあげてくる。

あらかじめ購入しておいたチケットを一枚渡し、奈々子とともに映画館に入った。

映画館も昔と較べると、随分と設備や座席がよくなった。孝太郎の小さな頃はまだ喫煙が許されていて、煙草の煙がもうもうとしていた。

自分の右隣の席に、奈々子が座っている。

それだけで、心が弾む。

孝太郎は七十歳で、奈々子は二十九歳。この歳の離れたカップルを、他の人はどう見ているのだろうか？　父親と娘か？　それとも、パパ活か？

他人の視線が気になった。

ちらり、ちらりと横を見る。

奈々子の横顔はほんとうに美しい。

目はぱっちりとして大きく、睫毛が長い。赤い唇は上唇のほうが豊かで、この唇にキスをしたいと願っている男性は多いだろう。

やがて、映画がはじまり、そのコメディタッチのロードムービーを、奈々子は他の観客とともに笑い声をあげて見る。しんみりした場面では手指で涙を拭っている。

孝太郎はどうしても隣の席が気になって、なかなか映画の内容に集中できなかったが、やがて映画に感情移入し、終わったときは満足していた。

奈々子の顔にも高揚感がうかがえた。

映画館を出て、二人は近くの居酒屋に入った。

せっかくの初めてのデートなのだから、もう少し高級感があるところでと思ったのだが、奈々子は居酒屋の雰囲気が好きだと言った。

畳敷きの個室で、生ビールを頼み、酒の肴を追加する。

奈々子が好物であると言う冷や奴と枝豆も頼む。

ジョッキで乾杯して、孝太郎は積極的に話しかける。

「奈々子さんは随分と大衆的なものが好きなんだね。居酒屋や枝豆とか」

「はい……母には、奈々子は安あがりな子だねと言われていました」

そう言って、笑う奈々子の口からは真っ白な歯がこぼれる。

美人で明るく、へんな気取りがない。これ以上の子はいないという気がする。

それに、フィットタイプのニットに包まれた胸はちょうどいい感じに持ちあがっていて、ノースリーブから伸びた腕はしなやかそうで、長い。

「きみのようないい娘さんを持って、妙子さんも幸せだっただろうな」

「どうでしょうか……わたしももう少し母に親孝行したかったんですが、できないままに……」

奈々子の表情が曇った。

「そうか……若すぎたね」

「はい……」

奈々子がうつむいた。

孝太郎は話題を変えようとして、訊いた。

「奈々子さんは結婚は考えていないの？」

「……考えないことはないですが、肝心の相手がいません」

「きみのような美人だったら、言い寄ってくる男はわんさかいるだろう?」

言うと、奈々子の顔に憂いの影がさした。

「うん? どうした? 何かあった?」

「いえ……」

「いいんだよ。言ってくれて……」

せかすと、奈々子がぽつり、ぽつりと語りはじめた。

じつは、一年間つきあって、結婚まで考えていた男がいたのだが、彼は一年前に米国へ転勤し、しばらくしたら、そこで知り合った日本女性と親密になり、つい二カ月ほど前に別れを切りだされ、別れざるをえなかったのだと言う。

「ひどい男だね」

「……でも、海外の単身赴任は寂しいでしょうし、そこで日本女性といい感じになったら、そうなってしまうというのはわかるんです。だから、一概に彼を責めることはできません」

奈々子がやさしいことを言う。

「どこまでいい子なんだ。そんなことだから、彼氏を持っていかれるんだよ」

思わず厳しいことを言ってしまい、

「ああ、ゴメン。災難だったね」

奈々子はうつむいて、肩を震わせた。

「ゴメン。ほんとうに悪かった……」

孝太郎は席を立ち、座卓の向こうに座っている奈々子の横に行き、髪を撫でながら引き寄せた。

なぜだろう？　奈々子相手だとごく自然にこういう気障なことができてしまう。

「うっ、うっ……」

こらえていたものが堰を切ったようにあふれでたのだろう、奈々子が嗚咽しながらしがみついてきたので、その身体をぎゅっと抱きしめた。

まったくごつごつしたところのない柔軟な身体が、腕のなかにすっぽりとおさまる。

コンディショナーの芳香のなかに、髪本来が持っている干し草のような香りが感じられる。

奈々子はなかなか泣きやまなかった。

しばらく抱きしめて、髪や背中をさすっていると、髪の匂いではない、オスを刺激せずにはおかない甘いフェロモン臭が鼻孔をくすぐった。

先日も店で感じ取って、勃起してしまったあの香りだった。

妙子の残していった下着の芳香だった。

あれと同じフレグランスが、奈々子からもただよっている。

すると、それを察知した下腹部がむくむくと頭を擡げてきて、ズボンを突きあげる。先日、スナック『時代遅れ』でもこうなった。

(これだけフェロモンを放出しているのだから、奈々子も感じているんじゃないか？　今こうして抱きしめられて、性的な昂奮をもよおしているのではないだろうか？)

ついついいいように解釈してしまい、股間のものがいっそう力を漲らせてきた。

孝太郎がしばらく背中をさすっていると、奈々子はようやく泣きやんだ。

「すみません。まだお逢いしたばかりなの、甘えてしまって……」

申し訳なさそうに言う。だが、自分から離れようとはしない。

「いいんだよ。それに、きみとはずっと前から知り合いのような気がしているんだ」

「それは……わたしが母に似ているからですか？」

「それもある。だけど……それだけじゃない」

耳元で言って、ちゅっと額にキスをした。

驚いている奈々子の顔を両手で挟みつけるようにして、キスをおろしていく。こうなったからには、もう気持ちを打ち明けるしかない。ダメだったら、しょうがない。

「一目惚れしたんだ。もちろん、きみにとって、歳の差がありすぎる。だけど、俺は今、思っているんだ。恋愛には歳なんて関係ないと」

自分の気持ちを素直に伝えた。もちろん、下着の匂いを嗅げば、分身がまた復活するという実利的な考えもあった。だが、それ以上に、奈々子に惚れていた。

そっと唇を重ねていくと、

「んっ……！」

奈々子が突き放そうともがいた。だが、力はこもっておらず、本気にあがいているとは思えなかった。

唇を合わせていると、奈々子の身体から力が抜けていった。

豊かな上唇を舐め、くすぐるように舌で誘うと、歯列が解けて、なめらかな舌が伸びてきた。

二人の舌はおずおずとからまる。

奈々子がそうやすやすと誘いに乗ってくる女には思えない。おそらく結婚まで考えた男とのつらい別れがこたえていて、その心と身体の穴を埋めてほしいのだろう。

あるいは亜里紗やママが言っていたように、母が愛した男に強い興味があるのだろうか？

しばらくすると、奈々子が自分から舌をつかいだした。

孝太郎の背中をぎゅっと抱きしめながら、唇を吸い、一心不乱に舌をからませてくる。

その、巧みとは言えないが情熱的な舌づかいが、孝太郎を桃源郷へと押しあげていく。

（ああ、妙子もこうだったな……）

妙子も最初は消極的だったが、愛撫を進めるにつれて大胆になり、自分から舌を吸い、からませてきた。

当時の記憶がよみがえり、孝太郎は唇を奪いながら、奈々子をそっと倒していく。

畳に背中をつけた奈々子は一瞬、唇を離して、

「店の人が……」

不安そうに、襖で区切られた廊下のほうを見る。

「大丈夫。オーダーは全部来ているから、呼ばなければ来ない」

「……怖いんです」

突然、奈々子が怯えた目をした。

「何が?」

「母が。母が見ているような気がする」

「妙子はもうこの世にはいないんだろ? 大丈夫だ。たとえ妙子が怒ったとしても、それは全部俺が引き受ける。俺が悪いんだ。俺がきみを誘ったんだ。きみはいやだったけど、俺が強引だった。すべて俺が悪い」

そう言って、孝太郎はふたたび唇を重ね、上半身を撫でた。脇腹からさすりあげていき、胸のふくらみをつかんだ。

白いニットに包まれた胸は充分に発達していて、柔らかな弾力が伝わってくる。

その甘美なふくらみをやわやわと揉むと、

「んんっ……んんんっ……んんんんっ……」

奈々子は唇を合わせたまま、スカートから伸びた足を内側によじり、わずかにのぞいたむっちりとした太腿を擦りあわせる。

孝太郎はキスをしたまま、右手をおろしていき、スカートのなかへと忍ばせる。

「んっ……！」

奈々子がびくっとして太腿をよじりあわせた。

パンティストッキングを穿いておらず、素足のすべすべした感触が心地よい。むちっとした太腿の内側をこじ開けるようにしてなぞると、奈々子は必死に足を閉じようとしていたが、その足からふっと力が抜けた。

孝太郎はその隙間に手を差し込んで、内腿を撫であげていく。シルクタッチのパンティの感触があって、そこに手を当てると、

「ダメっ……！」

奈々子が唇を離して、両膝を曲げ、

「ここでは……」

声を振り絞って言い、首を左右に振った。

2

半時間後、二人は都心の高層ホテルの一室にいた。

S駅の南口にあるホテルで、二人のいる三十五階からは、眼下にひろがるS駅とプラットホーム、駅に集まってくる多くの鉄道レールを見ることができる。

「駅がよく見えるわ。レールがあんなに……線路が何本あるのかしら？」

奈々子が広々とした窓から眼下に目をやって、感激したように言う。

「ああ、ここは鉄道マニア垂涎のホテルなんだ。S駅に出入りする線がよく見える。ほら、山手線が入ってきた」

孝太郎は後ろから奈々子の身体をそっと抱く。

「ほんとうだ。出ていくのは中央線ですね」

「ああ……このホテルは好きで、もう何度も泊まったよ」

「高杉さん、新幹線の運転士だったんですものね」

「ああ……だけど、もう遠い昔のことだよ。今は古希を迎えた老人だ。あとは死ぬのを待つしかない」

思わず自虐的なことを言っていた。

すると、奈々子がくるりと振り返って、孝太郎を見た。

「そんなこと、おっしゃらないでください。高杉さんはお若いですよ」

「そうかな？」

「ええ……」

奈々子が顔を少し上向けて、目を閉じた。

その愛らしさに身震いするような愛情を感じ、孝太郎は鼻がぶつからないように顔を傾けて、唇を重ねた。

ぷるるんとしてサクランボみたいな唇がわずかに開いて、そこに舌を差し込むと、なめらかな舌がおずおずとからんできた。

舌づかいが活発さを増し、やがて、奈々子は自分から舌をからめ、吸い、ぎゅっと抱きついてくる。

キスがどんどん情熱的になり、奈々子は喘ぐような吐息をこぼす。

だが、孝太郎の股間のものはまだまだ硬くはならない。

（ほんとうに大丈夫なんだろうか？　あそこの匂いさえ嗅げば……）

孝太郎は唇を離すと、思い切って奈々子をお姫様抱っこした。

「えっ……!」

びっくりしたような顔をする奈々子を横抱きにすると、奈々子が落ちないようにしがみついてくる。

正直、七十歳の身にお姫様抱っこはこたえた。

ぎっくり腰にならないように腰を入れて、奈々子を運ぶ。一歩、また一歩と歩を進め、ダブルベッドにそっと横たえた。

孝太郎もベッドにあがって、ふたたび唇を合わせる。

キスをしながら、身体をまさぐった。

ニットに包まれた胸のふくらみを揉みしだき、その手をおろしていく。太腿を撫でていると、奈々子が言った。

「わたし、ずっとあなたのことが気になっていました。母が『とても情熱的に愛してくれた』と自慢そうに言っていました。別れたのは自分のせいだと。母はそれを後悔していました」

「そうか……俺も妙子さんのことは忘れていなかった。結婚してからも……」

「わたし、母が愛した人がどんな人なのかを知りたいんです。へんでしょうか?」

奈々子が下から大きな目を向けた。

「へんじゃないさ。俺も……妙子さんの残した娘がどんな人なのかを知りたい。だけど、俺はもう七十歳だ。この先、長くはない。それでいいのか？」

もっとも不安なことを口に出した。すると、奈々子は静かにうなずき、

「わたし、いろいろ体験してわかったんです。男と女の関係は刹那的なものなんだって……その瞬間、瞬間なんです。それしかないんです」

瞳を潤ませて、奈々子が真剣な目で見あげてきた。

「奈々子って呼んでいいか？」

「はい……」

「奈々子……きみが好きだ」

気持ちを伝えて、ニットをまくりあげた。

転げ出てきた胸のふくらみは純白の刺しゅう付きブラジャーに包まれながらも、押しあげられていて、左右のゴム毬のようなふくらみがのぞいていた。

孝太郎は想像より豊かなふくらみをつかんで揉みしだきながら、顔面を擦りつける。

「ぁあ……あぅぅ」

奈々子が顔を横向けて、口に手を持っていく。汗ばんだ肌からは甘酸っぱい微香がただよい、それは乳房を揉むごとに少しずつ強くなっていく。

それにつれて、孝太郎の股間も力を漲らせた。

(そうか……やはり、妙子と奈々子は同じ体臭を持っているんだな)

孝太郎はたわわなふくらみに顔を擦りつけ、谷間の汗の匂いを吸い込みながら、身体を撫でおろしていく。

その手が太腿の側面から、内側へとまわり込んだとき、

「あっ……!」

奈々子がぎゅうと太腿をよじりあわせた。

孝太郎はそこの匂いを早く嗅ぎたくなって、下半身のほうにまわり、膝をすくいあげながら足を開かせる。

スカートからこぼれでた純白のパンティに顔を寄せた。

「ぁああ、いやっ……恥ずかしい……シャワーを浴びさせて」

奈々子が言う。

「シャワーはあとにしよう。今は猛烈に、奈々子としたい。じつは、ここのフェ

ロモン臭が好きなんだ。これを嗅ぐと、元気になる」

孝太郎は半分、打ち明ける。

「でも……」

「大丈夫。気づいていたんだ。奈々子のここはとてもいい香りがする。だから、恥ずかしがらなくていい」

言い聞かせて、顔を寄せた。

純白の刺しゅう付きパンティが股間に食い込み、わずかに肉土手がはみだしている。基底部の一部にはすでに小さなシミが浮きでていた。

鼻先を擦りつけて、そこにこもった微香を吸い込む。

(ああ、これだ。やはり、お母さんと同じ匂いがする……!)

あの頃に戻ったようだ。時間が巻き戻されていく。

孝太郎は今、湯本妙子と一緒にいた。

「妙子……」

思わず彼女の名前を口に出していた。

その瞬間、奈々子がびくっとするのがわかった。母の名前を呼ばれたのに気づいたのだろう。

ハッとして、顔色をうかがった。

奈々子はじっとこちらを見ていた。さっき、奈々子が好きだと言ったばかりだ。嫌われるのではないか？

だが、次の瞬間、奈々子は天使のように微笑んだ。

「いいんですよ。かまいません……母の名前を好きなだけ呼んでください」

奈々子があっさり言う。

「ありがとう……」

孝太郎は感激して、白いクロッチにそっと舌を這わせる。徐々に気持ちがこもってきて、

「ああ、妙子、妙子……悪かった。俺が意気地なしだった。ゴメン……悪かった……意気地なしの俺を許してくれ」

心の底に眠らせておいた思いが、あふれでた。

「ああ、孝太郎さん……」

奈々子の声がして、それが、妙子と重なった。

基底部に貪りついた。

布地ごと恥肉を頬張るようにして、吸い、舐めた。

と、奈々子の気配が変わった。

「ぁあああ、あああ……孝太郎さん……好きよ、好き……ぁああうぅ、気持ちいい……もっと、もっと、もっとして」

もどかしそうに下腹部をせりあげてくる。

本心から言ってくれているのか、その言葉を心の底からは信じられなかった。もしかして、瞬間的に母親の妙子に自分を重ねあわせているだけなのかもしれない。だが、それでもよかった。

孝太郎はクロッチをずらして、こぼれでた恥肉にしゃぶりついた。

薄い肉びらが波打つようにしてひろがり、内部のピンクがのぞいた。そこはすでに蜜をたたえて、複雑な内部が顔を見せていた。

(これだった。妙子もこんなふうだった……！)

いったん顔を離して、香りを吸い込んだ。

ちょっとスパイシーな香水のフレグランスとともに、発情した女性器の放つフェロモン臭が甘く匂い、鼻孔に忍び込んでくる。

匂いの粒子が性中枢と記憶の領域を刺激して、孝太郎は陶然となる。

うっとりしながらも、股間のものは一気に力を漲らせる。

3

奈々子がいれば、あのパンティは必要ない。

(感じさせてやるからな。これまで培ってきたものをすべてぶつけて、俺から離れられないようにしてやる)

もう若者のような体力はないが、年の功というやつで、愛撫のテクニックだけにはそれなりに自信がある。

孝太郎は純白のパンティをつかんで押しさげ、足先から抜き取っていく。

「やっ……!」

と、奈々子が繊毛のあたりを手で隠した。

その手を外して、翳りの底に舌を這わせた。

ぬるっ、ぬるっと舌をすべらせるたびに、奈々子は「あっ、あっ」と声を震わせる。

濡れやすいタイプなのか、しとどな蜜が次から次とあふれて、舌にまとわりついてくる。

（ああ、これだった。妙子もいつもひどく濡らしていたな）

妙子のイメージを重ねながら、丹念に狭間を舐めた。

「ぁああ、ああうぅ……」

と、奈々子は抑えきれない声を洩らし、それを手のひらでふさぎながらも、孝太郎の舌の動きに呼応して、濡れ溝をせりあげる。

ぐちゅ、ぐちゅと濡れ溝と舌が擦れて、卑猥な音を立てる。

ぬめる陰部の上方に、小さな肉芽が突きだしていた。

孝太郎が包皮を引っ張りあげると、くるっと剝けて、小さな真珠のような本体が姿を現した。

かわいらしい宝石をやさしく舐めた。

おかめの顔に似た肉芽が見る間に大きくなり、唾液にまみれて、妖しい光沢を放つ。そこを下から舐めあげる。

舌先がちょっと硬い突起をなぞりあげると、

「んっ……んっ……」

奈々子はびくん、びくんと震えて、腰を撥ねあげる。

「気持ちいいんだね？」

「はい……気持ちいい。ひさしぶりなんです……だから、すごく……ぁああ、ぁあああ、吸わないでぇ……」

孝太郎が肥大化した肉芽を頬張って、吸いあげると、奈々子は恥丘をぐーんとせりあげる。

吐き出して、いっそう濡れてきた肉芽をちろちろと舐め、さらに、舌で横に弾く。

「ぁあああ……くっ……くっ……」

奈々子が顔をのけぞらせながら、シーツを鷲づかみにした。

孝太郎はまた頬張って、断続的に吸う。

チュッ、チュッ、チューッとリズムを変えて吸い立てると、陰核が根元から口に入り込んで、

「あっ……あっ……やぁああああ……！」

奈々子は吸引のリズムに合わせて、嬌声を張りあげ、がくん、がくんと震える。

とても感じやすい肉体だった。

妙子よりも感受性に恵まれているような気がする。

孝太郎は肉芽から口を離して、下方で息づく膣口に舌を這わせた。両膝を下か

らぐいと持ちあげて、あらわになった窪みを舐める。

周辺に舌を走らせ、中央の窪みに尖らせた舌を差し込むと、きゅっ、きゅっと膣口が怯えたように収縮して、そこを舌で強引に抜き差しすると、濡れそぼった粘膜がひくつきながら、まとわりついてきて、

「あっ……あっ……ぁああ、ダメぇ……恥ずかしい。そこ、恥ずかしい……」

奈々子がさかんに首を左右に振った。

「いい香りだ。それに、すごく美味しい。恥じることはひとつもない」

言い聞かせて、膣口の浅い箇所に舌を押し込み、いったん抜いて、周囲を舌であやす。

すると、奈々子はもうどうしていいのかわからないといった様子で、濡れ溝を擦りつけて、

「ぁああ、欲しい……欲しいの」

訴えてくる。

「いいんだね？」

「はい……あなたが欲しい！」

奈々子が下から大きな目を向けて、はっきりと言う。

孝太郎の分身も一本芯が通ったように硬化していて、今なら、奈々子を歓喜に導くことができそうだった。

顔をあげて、膝をすくいあげ、屹立に指を添えてさぐった。

落ち込んでいる箇所に切っ先を当てて、ゆっくりと慎重に押し込んでいく。亀頭部がとても窮屈な入口を突破して、なかの閉ざされていた肉路をこじ開けるように潜り込んでいき、

「ぁあああっ……！」

奈々子が顎をせりあげながら、手の甲で口を覆った。

孝太郎は押し込みながら、膝から手を離して、覆いかぶさっていく。

両手を突いて、腕立て伏せの格好で、「くっ」と奥歯を食いしばった。

温かい。そして、潤みきった粘膜がウエーブを起こしたようにざわめきながら、イチモツを包み込んでくる。いや、むしろ締めつけてくると言ったほうが正確だった。

（ああ、すごい……お母さんと同じだ。妙子のここも、ざわざわとうごめきながら締めつけてきた）

孝太郎はしばらくじっとして、その感触を味わった。

それから、ゆったりと腰を振る。

奈々子は両膝をM字に開いて、屹立を膣奥に導きながら、孝太郎の腕につかまって、

「あっ……あっ……」

低い声で喘ぐ。

「ああ、奈々子……気持ちいいよ。きみのあそこ、すごく具合がいい」

感触を伝えたくて言う。

「わたしも……わたしもすごくいい……とても七十歳だとは思えない」

奈々子が目を見開いて言う。

「……正直言って、不安だったんです」

「不安？　何が？」

「高杉さんがちゃんとできるかどうか……」

奈々子が微笑んだ。

「わかるよ、きっとそう思うだろうね。自分でもびっくりしているんだ。きっと奈々子さんだからだろうな……きみだから、こんなに元気なんだ。ほら……」

孝太郎は腕立て伏せの格好で、腰を振る。

屹立が粘っこい膣肉を深々とえぐって、

「あんっ……あんっ……カチカチ。高杉さんの、カチカチ……」

奈々子が見あげるその瞳が潤みきって、女の幸せを宿しているように見える。

孝太郎は首の後ろに手をまわして、奈々子の身体を引き寄せた。

体を密着させて、ぐいぐいと勃起をめり込ませていく。

「ああ、気持ちいいよ、奈々子のここ……」

「わたしも……」

奈々子がとろんとした目で見あげてくるので、たまらなくなって唇を奪った。

ぷるるんとしたプディングのような唇を味わいながら、腰をゆったりと動かした。

徐々にピッチをあげていくと、ねっとりした粘膜が締まって、孝太郎は
「くっ」と奥歯を食いしばる。

甘い愉悦がひろがってくる。それをこらえて、腰を躍らせる。唇を合わせながら、できるだけ強く打ち込むと、切っ先が膣壁の上を擦りあげていき、

「んんっ……んっ……んんんんっ……ぁあああうぅ、もうダメっ……」

奈々子が唇を離して、顔を横向け、後ろ手に枕をつかんだ。

あまりにも具合が良すぎて、孝太郎は打ち込みを休み、白いニットをめくりあげ、上から抜き取った。

純白のブラジャーに包まれた乳房が現れて、孝太郎はカップをぐいと押しあげた。ぶるんと双乳がこぼれでて、たわわな乳房があらわになった。

ハッと息を呑むような、素晴らしいふくらみだった。

直線的な上の斜面を下側の充実したふくらみが持ちあげて、大きさも充分だった。おそらくDカップだろう。

しかも、乳首は透きとおるようなピンクで、硬貨大の乳輪も淡いピンクだ。きっと、孝太郎は見とれていたのだろう。

「いやっ、そんなにじっと見ないで……」

「ああ、悪かったね」

「母より小さいでしょ?」

奈々子が伏目がちに言う。

「そんなことはないよ。同じくらいだと思うよ」

「ウソ……母はもっと大きかったわ」

奈々子の言うことは当たっている。確かに、妙子のほうが豊かだった。

おそらくもっとも身近な同性だから、女として意識している部分もあるのだろう。女としてのコンプレックスのようなものを抱いているのかもしれない。そんな必要はこれっぽっちもないのに。

「でも、大きければいいってもんじゃない。奈々子さんの胸はとてもいい形をしているし、乳首の色もピンクだ。妙子より、形もいいし、色もきれいだ」

「ほんとうに？」

「ああ、もちろん。ほんとうにそう思う」

孝太郎はそっと乳房に手を当てて、その量感を確かめるように揉みあげる。たわわで、とても柔らかい。だが、奥のほうにはしっかりとした部分があり、揉んでいても手応えがあって、それが心地よい。

「ぁああ……あっ……」

胸を揉まれて、奈々子は恥ずかしそうに顔をそむけている。

薄いピンクの乳首を上から押しつぶすように捏ねると、それが見る見る硬くなり、突きだしてきて、

「あっ……あっ……」

奈々子が悩ましく喘いだ。

「感じるんだね？」

「はい……感じる。乳首がすごく……」

孝太郎は無言で、乳首の側面に指腹を当てて、左右にねじる。

じつは、妙子も乳首が強い性感帯だった。やはり、血のつながりの大きささを感じないではいられなかった。

もっと感じてほしくなり、乳首にそっと舌を当てた。

体位的に性器の挿入が浅くなるが、どうにか肉棹は体内におさまっている。

痛ましいほどに勃っている乳首を舐めた。ちろちろと舌であやすと、

「あっ……くっ……」

奈々子が声を押し殺しながら、顔をのけぞらせた。

やはり、指よりも舌のほうがなめらかで、気持ちいいのだろう。

もう片方の乳首を指で転がしながら、こちら側の乳首を丹念に舐める。上下左右に舌で撥ね、かるく吸う。

「ぁあああ……ぁあああ……欲しい。もっと……！」

奈々子がもどかしそうに腰をせりあげる。

どうやら、母よりも性欲は強いようだ。それに積極的だ。

（俺は奈々子に勝手なイメージを作りあげていた。だが、奈々子は俺が思っている以上に欲張りで、激しい性格なのだろう）

ならばと、孝太郎は腰をつかう。舌を乳首に接したまま、腰を押し込んでいく。すると、腰とともに顔も前後に動き、それにつれて、舌が乳首を縦になぞることになり、

「あっ……あっ……いいんです。いいの……ぁあああ、あうぅぅ」

奈々子は抽送に合わせて、腰を動かす。もっと深くほしいとでも言うように、下腹部を突きだし、さらに、足を腰にからめてきた。

すらりと長い両足を孝太郎の腰にまわし、もっと結合を深めようと、腰を引き寄せて、濡れ溝をぐいぐい擦りつけてくる。

（ああ、この子も女なんだな……）

考えたら、奈々子もすでに二十九歳。つきあっていた男もいたのだから、肉体が開発されているのはごく自然なのかもしれない。

その欲望をあらわにした行為に、孝太郎は強烈な昂奮を感じた。

乳房から顔をあげ、片手で乳房を鷲づかみにして、揉みしだきながら、腰をつかった。

「あっ……あっ……」

奈々子は顔をそむけて、後ろ手に枕をつかみ、腋の下をあらわにして、気持ち良さそうな声をあげる。

乳房の一方ががぶるん、ぶるるんと縦に揺れている。

身体的に強いストロークは長くはつづけられない。

孝太郎はゆるいストロークに変えて、じっくりと攻めていく。

奈々子の様子を見て、時々、強く、速い打ち込みをまじえる。

浅瀬をかるく擦りあげているときは、奈々子は気持ち良さそうに目を瞑り、もたらされる穏やかな悦びを味わっている。

強く打ち込み、切っ先で奥を突かれると、

「あんっ……！　あんっ……！」

鋭く喘ぎ、セミロングの髪を躍らせ、眉を八の字に折って、悩ましい顔で顎を突きあげる。

それをつづけていると、奈々子の様子がさしせまってきた。

「あっ……あっ……ぁああ、イキそう……イクかもしれない」

「いいぞ。イッて……どうしたら、イケる？」

奈々子に満足してもらいたい一心で、訊いていた。

「どうしてほしい？」

「……奥を、奥を思い切り……突いてください」

そう言って、奈々子は顔を真っ赤にする。

「わかった。行くぞ。気を遣っていいからな」

孝太郎は上体を立てて、奈々子のすらりとした足を肩にかける。そのままぐっと前に屈むと、奈々子の肢体が腰から鋭角に折れ曲がって、その快楽にむせぶ顔を真上から見る形になった。

「ぁああ、深いわ……」

シーツに突いた孝太郎の腕を、奈々子がぎゅっと握った。

この体位だと、挿入が深くなる。奥を突いてほしい奈々子には、最適な体位だった。

「苦しくないか？」

「……はい。それに、このくらいのほうがいいわ。感じるの……」

奈々子が下から真っ直ぐに見あげてきた。

（ああ、この男を頼るような、すがりつくような顔……妙子も気を遣る前にこう

いう顔をしたな)

奈々子を抱いていると、妙子が重なり、まるで当時に戻ったような気になって、イチモツがますます力を漲らせる。

孝太郎は奈々子の顔を上から見ながら、腰を振りおろした。

奈々子の腰があがり、膣口も上を向いて、そこに、打ちおろす肉の杵が突き刺さる。角度がぴったり合っていて、邪魔をするものもなく、ダイレクトに切っ先が子宮口を打ち、

「ぁあああ……！」

奈々子は口をいっぱいに開けて、泣きださんばかりに顔をゆがめ、顎をせりあげる。

「こっちを見て……」

言うと、奈々子がおずおずと目を見開いて、孝太郎を見た。

その目はきらきらし、性的昂揚をたたえている。

「ああ、奈々子……！」

名前を呼ぶと、奈々子ははにかむようにして見あげてくる。

孝太郎はまたストロークを開始する。

前に体重をかけ、ぐさっ、ぐさっと腰を上から打ちおろしていく。肉の杵が臼を叩き、餅のように粘りついてくる膣壁をうがち、さらに、奥へとぶち当たる。

「あんっ……！　あんっ……！　あんっ……！」

打ち据えるたびに、奈々子は顔を撥ねあげる。そうしながらも、指示を守って必死に目を見開いて孝太郎を見ていたが、やがて、その目がふっと伏せられた。

「……ぁああ、来る……来ます……ぁあああ、イッちゃう……！」

奈々子が孝太郎の腕から離した手で、シーツがあがるほどに、握りしめた。

(俺は……俺は妙子の娘をイカせようとしている！)

複雑な悦びが体を貫いた。

おそらく、心の底にある背徳感のようなものが、いっそう自分を昂らせているのだろう。

息を詰めて、一気に腰をつかった。

ズンッ、ズンッと打ちおろしていくと、奥のほうの蕩けたようなふくらみが分身にからみついてきた。

「おおぅ、くっ……！」

奥歯を食いしばって、つづけざまにえぐり込むと、

「イク、イク、イッちゃう……来ます！　やぁあああぁぁ、あっ……！」

奈々子がのけぞり返った。

それから、身体の奥底からやってきた痙攣の波で、がく、がくんと躍りあがった。

4

二人は一糸まとわぬ姿でベッドに横たわっていた。

孝太郎の右腕に頭を載せていた奈々子が、こちらに向き直って横臥し、ぴたりとくっついてきた。

肉体のクッションを感じ、孝太郎は愛おしくなって、奈々子の髪や腕を撫でる。

「ありがとう……俺みたいなジイさんと寝てくれて」

言うと、奈々子は黒髪をかきあげながら、上体を起こし、上からじっと孝太郎を見た。

大きな目が満足した女が持つ、満ち足りたやさしさにあふれていた。

「全然、おジイさんじゃなかったわ」

孝太郎を見て、微笑む。

「そうか？」

「ええ……すごく元気で、激しかった。びっくりした……」

そう言って、奈々子が胸板に頬擦りしてきた。

「そうかな」

さらさらの髪を撫でた。

「ええ……母がずっと高杉さんを忘れられなかった理由がわかったような気がした」

奈々子が胸板を撫でてきた。

「……前の彼氏より、ずっと良かった。ほんとうよ」

奈々子が顔をあげて、きらきらした目を向けてくる。

「……それは……相手が奈々子だからだよ」

「母に似ているからでしょ？」

「そうじゃないよ。もちろん、そういう要素はあったと思うけど、でも、最後は純粋にきみをきみとして愛していた。奈々子は奈々子で、妙子じゃない」

「……ほんとうに？」

「ああ」

「うれしい……！」

奈々子が身を乗り出すようにして、ちゅっ、ちゅっと額にキスをしてきた。それから、唇に唇を重ねて、胸板を手でなぞってくる。

「もっと、したい？」

孝太郎は奈々子の耳元で訊いた。

「……孝太郎さんは？」

奈々子が明確に「孝太郎さん」と呼んでくれた。そのことに感激しつつ、

「俺は……したいよ、もちろん」

「……出してないんですものね」

「ああ……我慢したんだ。この歳だから、一度出してしまうと回復しないからね」

奈々子が胸板にキスをしながら、右手をおろしていく。

温かな指が下腹部に届いた。そこはいったん役目を終えて、小休止している。

「悪いが、シックスナインをしてくれないか？」

思い切って、提案した。

「……でも恥ずかしいわ」

奈々子が目を伏せた。

自分の性癖を打ち明けるなら、今しかなかった。

「……そうしないと、復活しないと思う。さっきも言ったけど、あそこの匂いが好きなんだ。好きっていうか、嗅ぐと勃つみたいなんだ」

「あそこって、あれのこと？」

「ああ……」

「いやっ……！」

「嫌わないでくれ。頼む……奈々子をもう一度愛したいんだ」

「匂いを嗅がないと、ダメなの？」

「ああ……頼む」

孝太郎は奈々子を抱き寄せて、唇を重ねていく。すると、奈々子も舌をからませてきた。

キスを終えて、奈々子がベッドサイドの調光盤を使って、部屋の明かりを絞った。それから、仰臥している孝太郎に尻を向ける形でまたがってきた。

薄暗いが、ベッドサイドのスタンド明かりに女の雌芯が浮かびあがった。

そこは一度ペニスの進入を許したとは思えないほどに、扉を閉じていた。

薄桃色の陰唇を指でそっとひろげると、

「あっ……やっ……」

奈々子がくなっと腰を逃がした。

それをつかみ戻すと、薄紅色にぬめる肉庭がぬっと現れた。その瞬間、馥郁たる香りが立って、孝太郎の鼻孔を刺激した。

(ああ、これだ……この何とも言えない芳香が俺をかきたてる!)

顔を寄せて吸い込むたびに、下腹部のものがもりもりと力を漲らせる。

「すごい……ほんとうに大きくなった。ほんとうだったのね」

奈々子の熱い息とともに、しなやかな指が茎胴にまわり込んできた。

「ああ、言っただろ? 奈々子の香りは最高だ。漲ってくるのがわかるよ」

孝太郎はさらに鼻を近づけて、スーッ、スーッと匂いを吸い込む。

「すごい……また硬くなった……恥ずかしいけど、これなら……」

奈々子が肉棹を握りしめて言う。

「許してくれる?」

うなずいて、奈々子が顔を伏せた。なめらかな肉片が亀頭部をつるるっ、つるるっと這い、くすぐったさと紙一重の快感に孝太郎は唸る。

「気持ちいいよ、すごく……」

「ふふっ、どんどん大きくなって、カリも張ってきた。すごく反ってるのね。しかも、少し左にカーブしているわ」

奈々子が興味津々という様子で言う。

「そうか……」

「でも、これが気持ちいいんだと思う」

そう言って、奈々子が唇をかぶせてきた。

口のなかは温かく、唾液に満ちていた。やはり、奈々子も母と同じで、分泌液の量が多いのだろう。

ぷっくりとした唇がゆっくりと動きはじめた。

孝太郎は湧きあがる快感をこらえて、目の前の肉花にしゃぶりついた。

すでにそこはしとどに濡れて、舌がぬるっ、ぬるっとすべって、

「んっ……んんんっ……」

奈々子は微妙に腰を揺すりながら、唇をすべらせる。

そんなにテクニックを駆使しているわけでもないのに、この快感は何だろう？

おそらく、唇の大きさや柔らかさと締め具合がちょうどいいのだろう。

（そうだった。妙子の最初の頃のフェラはこんな感じだった）

回数を重ねるにつれて、妙子は上手くなり、最後のほうは妙子自身も孝太郎のイチモツを頬張ることに悦びを感じているようだった。

おそらく奈々子もそうなるだろう。長くつきあうことができれば、の話だが。

奈々子が頬張りながら、吸ってきた。

顔は固定したまま、なかで舌を動かす。なめらかな舌が力強く硬直にからんできて、それがまた刺激となって、分身がますますギンとしてきた。

「ああ、気持ちいいよ……すごく上手だ」

気持ちを伝えると、奈々子は勇気づけられたのか、ぐっと奥まで頬張ってきた。

陰毛に唇が接するまで深々と咥え込み、かるく噎せた。

「無理しなくていいよ」

言うと、奈々子は怒張を吐き出すどころか、ますます根元まで頬張り、肩で息をする。

やはり、母の性格を受け継いでいるのか、負けず嫌いなところは、妙子にそっくりだった。

奈々子はその状態でチューッと亀頭部を吸いあげ、ぐふっ、ぐふっと噎せた。いったん吐き出して、

「ゴメンなさい」

と謝り、また頬張ってきた。

今度は根元を握りしごきながら、余った部分に唇をかぶせ、速いピッチで顔を上下動させる。

「あっ、くっ……」

孝太郎はうねりあがってくる快感のなかで、恥肉にしゃぶりついた。

濃厚さを増したフレグランスを吸い込みながら、狭間に舌を走らせる。

すると、奈々子は「くっ、くくくっ」と喉を詰まらせる。

クンニされながらも、必死に顔を振っていたが、孝太郎が肉芽に舌を走らせると、

「くっ……くっ……」

頬張りながら、くぐもった声を洩らし、唇の動きが止まった。

(感じすぎて、ストロークできないんだな)

孝太郎はここぞとばかりに、小さな肉芽を断続的に吸う。しばらくそれをつづけると、咥えていられなくなったのか、奈々子は肉棹を吐き出して、

「ぁあああ……ダメっ……できない、できない……」

顔を左右に振る。

孝太郎がさらに肉芽を舐めながら、上方の膣口を指でなぞると、奈々子はどうしていいのかわからないといった様子で身悶えをして、

「あああ、欲しい。これが欲しい……」

奈々子が肉棹を握って、しごいた。

「いいよ。上になってごらん」

誘ってみた。すると、奈々子は緩慢な動作で向きを変えて、向かい合う形で腹をまたぎ、いきりたつものを導いた。

もう一刻も待てないとでも言うように、腰を落とし、切っ先が狭いとば口を割ると、

「ぁああ……いいの……！」

ぐーんと上体をのけぞらせ、顎を突きあげた。

すぐに動きはじめる。シーツに両膝をぺたんと突いて、腰から上を揺らし、

「あっ……あっ……」

哀切な声を洩らす。

いきりたった肉柱が根元を締めつけられ、亀頭部が子宮口のふくらみにぐりぐりと擦りつけられて、湧きあがる快感を孝太郎もぐっとこらえる。

すると、奈々子が腰を縦に振りはじめた。

両膝を立ててM字に開き、まるでスクワットをするように身体を上下動させて、切っ先が奥を突くと、

「あんっ……あんっ……」

と、声を弾ませる。

形のいい乳房がぶるん、ぶるんと縦揺れし、もたらされる快感を味わいながら、それをもっと欲しいとでも言うように、腰を上下に弾ませる。

自分のイチモツが翳りの底に姿を消し、また出てくる。

そして、奈々子はもう止まらないとでも言うように、さかんに腰を振りたてる。

孝太郎も動きたくなって、奈々子が腰をあげたところで、下からズンッと撥ねあげてやる。

「ぁあああっ……！」

奈々子は嬌声をあげ、まるで気を遣ったようにがくがくっと震え、孝太郎の胸板に両手を突く。

孝太郎はその手をつかみ、指を組み合わせるようにして下から支える。するとと、奈々子は両手に体重をかけて、やや前屈みになりながらも、腰を振りあげ、落とし込んでくる。

沈んできた頃合いを見計らって、ぐいっと腰を突きだすと、

「ぁあああ……！」

奈々子は凄艶な声をあげ、震えながら、前に突っ伏してきた。

ぎゅっとしがみついてくる奈々子の腰をつかみ寄せて、下からつづけざまに突きあげてやる。

「あん、あんっ、あんっ……」

奈々子は甲高く喘いで、抱きついてくる。

その唇を奪った。キスをしながら、下から腰を撥ねあげる。

完全勃起した分身が斜め上方に向かって、窮屈な肉路を擦りあげていき、

「んっ……んっ……んんんんっ」

唇を合わせながら、奈々子は切迫した声を洩らし、ぎゅっとしがみついてくる。

孝太郎がなおも突きあげると、キスをしていられなくなったのか、奈々子は唇を離して、のけぞり、

「あん、あんっ……ぁあぁ、イッちゃう……恥ずかしいわ。また、イッちゃう！」

眉根を寄せた泣き顔で訴えてくる。

「いいんだよ、イッて」

「でも、孝太郎さんが……」

「俺も出そうなんだ。出そうだ！」

「ぁああ、ください……欲しいわ」

奈々子が哀願するように言う。

「よし、出すぞ。奈々子、イッていいぞ。俺を気にしないで、イキなさい……そうら」

孝太郎はがしっと背中と腰をつかみ寄せて、思い切り下から腰を撥ねあげた。

射精寸前の怒張しきった分身が、愛していた女の娘の体内を突き、えぐり、孝太郎も一気に追い込まれた。

「ぁあああ、イク、イク、イッちゃう……イクわ……やぁあああああああ

あぁぁぁぁぁぁ……あうっ！」

奈々子がのけぞりながら、ぎゅっとしがみついてくる。

抱きつきながら、がくん、がくんと裸身を震わせる。

奈々子が気を遣ったのを見届けて、孝太郎もフィニッシュに向かった。痙攣する裸身を抱き寄せて、つづけざまに突きあげたとき、熱いものが体内でふくらみきって、爆ぜた。

「ぁあああおおぅぅ……！」

吼えながら、放っていた。

それはあまりにも峻烈な絶頂感で、気が遠くなった。

これ以上の快感があるとは思えなかった。

全身が躍りあがっている。

血管がぷちぷちと切れていくようだ。

放ち終えたときは、全身から力が抜けて、少しも動けなかった。

ただ、息だけが切れている。

ぜいぜいと弾んだ息づかいが、ちっともおさまらない。

奈々子はがっくりと覆いかぶさったまま動かない。

奈々子が緩慢な動作で結合を外し、すぐ隣に横たわった。

精根尽き果てた様子で窓のほうを向いて、胎児のように丸まっている。

「休んでいなさい」

孝太郎は噴き出した汗を拭こうとバスルームに向かい、タオルを持って帰ってきた。

そのとき、ベッドの端にうずくまったように置かれた、純白のパンティが目に留まった。

（そうか……うん、それしかない！）

孝太郎は奈々子を気にしながら、その羽根のようにかるいパンティをそっとつかんで、匂いを嗅いだ。

（ああ、いい匂いだ……）

すべすべの下着が充分に奈々子の体臭と性臭を沁み込ませているのを確認し、脱ぎ捨ててあったズボンのポケットにしまった。

奈々子とは今後もつきあいたい。奈々子は何度も気を遣ったし、自分を嫌ってはいないだろう。だが、それと今後もベッドにつきあってくれるかどうかは、別物だ。

孝太郎は七十歳で、奈々子は二十九歳。孝太郎が歳を重ねる時と、奈々子の送る時は異なる。自分のほうがはるかに急速に衰えていく。

だがこうしておけば、たとえ奈々子がベッドインしてくれなくとも、彼女のパンティの芳香を嗅ぐことができる。

それは間違いなく、妙子の下着と同じような媚薬効果をもたらしてくれるだろう。

奈々子はまさか孝太郎が自分の下着を奪うなどとはつゆとも思っていないだろうから、あとでパンティがないとわかっても、孝太郎を疑わないはずだ。

魔法のパンティ二号を隠しておいて、孝太郎はベッドにあがり、奈々子の後ろに張りついた。

肩から二の腕にかけて撫でると、奈々子はくるりと振り向いて、孝太郎の胸に顔を埋めて、

「何をしていたんですか？」

訊いてくる。

「ああ、汗をかいたから、タオルを持ってきたんだ」

ドキッとしながらもそう言って、ホテル用の白い大きめのタオルで、奈々子の背中の汗を拭いてやる。

「やさしいわ」

奈々子がひしと抱きついてくる。

孝太郎はタオルで身体を拭きながら、湿った肌を味わう。

『また、逢ってもらえるか？』とは、恐くて訊けなかった。そんなことは訊いてもしょうがない。奈々子が言っていたではないか。

『男と女は刹那的なもので、その瞬間しかない』のだと――。

もう七十歳を過ぎている。明日の身も知れないのだ。この瞬間が勝負なのだ。

これから先のことは考えないようにしよう。

孝太郎が髪を撫でていると、奈々子が甘えるようにおでこを擦りつけてきた。

＊この作品は、書き下ろしです。また、文中に登場する団体、個人、行為などは実在のものとはいっさい関係ありません。

二見文庫

回春《かいしゅん》の桃色下着《ももいろしたぎ》

著者　霧原一輝《きりはらかずき》

発行所　株式会社 二見書房
東京都千代田区神田三崎町2-18-11
電話　03(3515)2311［営業］
　　　03(3515)2313［編集］
振替　00170-4-2639

印刷　株式会社 堀内印刷所
製本　株式会社 村上製本所

ISBN978-4-576-20096-5
https://www.futami.co.jp/

二見文庫の既刊本

家政婦さん、いらっしゃい

KIRIHARA, Kazuki
霧原一輝

仕事中に右腕骨折をし、自宅療養中の健二。妻とは二年前に離婚している。右手が使えないので日常生活ができないことに辟易した彼は家政婦に来てもらうことにした。写真と履歴もチェックできるHPを開くと、そこにはかつて一度だけ不倫をした相手である女性の顔が！　興味と期待で彼女に来てもらうことにしたが……。人気作家による書下し官能エンタメ！

二見文庫の既刊本

人妻女教師 誘惑温泉

KIRIHARA, Kazuki
霧原一輝

来年三月に教師生活を終える予定の圭太郎だが、かつての教え子で今は同僚となっている淑乃が話がある、という。それは、彼の第二の人生の門出を祝う旅行を、彼の教え子だけでやりたいというものだった。旅行当日に集まったのは、淑乃の他に由季子、瑞希——全員人妻の現役女教師ばかり。なぜか交代で彼に迫ってくるのだが……。温泉情緒漂う書下し旅情官能！

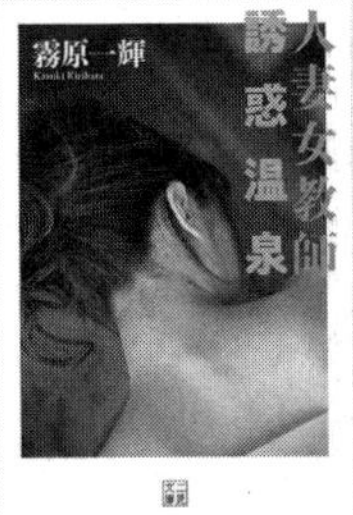